명인

名人

세계문학전집 418

명인

名人

가와바타 야스나리

유숙자 옮김

민음사

일러두기

1 이 책은 川端康成의『名人』(新潮社, 2004)을 우리말로 옮긴 것이다.

2 이 작품의 소재가 된 슈사이[秀哉] 명인의 은퇴기 기보(棋譜)는 160~161쪽에 수록
   했다.

3 본문의 각주는 모두 옮긴이 주이다.

차례

명인　7

1

　제21대 혼인보〔本因坊〕¹⁾ 슈사이〔秀哉〕 명인은 1940년 1월 18일 아침, 아타미〔熱海〕에 있는 우로코야 여관에서 죽었다. 세는나이로 예순일곱 살이었다.

　1월 18일 기일은 아타미에서는 기억하기 쉽다. 『금색야차(金色夜叉)』²⁾의 아타미 해안 장면에서 간이치의 대사 가운데 "이달 오늘 밤 달빛"의 날을 기념해, 1월 17일을 아타미에서는

---

1) 혼인보는 에도 시대의 바둑 명문가 중 하나인 혼인보 가문의 대표자를 일컫는 명칭이었다. 혼인보의 마지막 세습자가 21대 혼인보 슈사이였다. 그가 일본기원에 혼인보라는 명칭을 양도한 1939년에 혼인보전이 창설되었고, 이후 혼인보는 혼인보전의 타이틀 보유자를 가리키는 명칭이 되었다. 혼인보전은 현재 마이니치〔每日〕신문사가 주최하고 있다.
2) 오자키 고요(尾崎紅葉, 1867~1903)의 소설.

고요〔紅葉〕 축제라 한다. 슈사이 명인의 기일은 이 고요 축제 다음 날이다.

고요 축제에는 해마다 문학 행사가 열리는데 명인이 죽은 1940년 축제 때 가장 성대하게 개최되었다. 오자키 고요 외에 아타미와 인연이 깊었던 다카야마 조규와 쓰보우치 쇼요를 포함해 작고한 문인 세 명의 넋을 위로하고, 또한 지난해 작품에서 아타미를 소개한 다케다 도시히코, 오사라기 지로, 하야시 후사오 등 소설가 세 명에게는 시에서 감사장이 수여되었다. 아타미에 머물고 있던 나도 이 축제에 참석했다.

17일 밤, 시장의 초대로 열린 연회 장소는 내 숙소인 주라쿠〔聚楽〕였다. 그리고 18일 새벽녘, 명인이 죽었다는 전화를 받고 나는 잠에서 깼다. 나는 곧장 우로코 여관으로 가서 명인에게 예를 올리고 일단 숙소로 돌아가 아침 식사를 마친 뒤, 고요 축제에 참가한 작가와 시 관계자들과 함께 쇼요의 무덤을 찾아 헌화하고 바이엔〔梅園〕에 들렀는데, 그 부쇼안〔撫松庵〕에서의 연회 도중에 다시 우로코 여관에 가서 고인의 얼굴 사진을 찍고, 마침내 시신이 도쿄로 돌아가는 것을 배웅했다.

명인은 1월 15일 아타미에 와서, 18일 죽었다. 마치 죽으러 온 것 같았다. 나는 16일에 여관으로 명인을 찾아가 장기를 두 판 두었다. 그리고 저녁 무렵, 내가 돌아간 지 얼마 안 되어 명인의 상태가 갑자기 나빠졌다. 명인이 좋아하는 장기도, 나와 둔 것이 마지막이었다. 나는 슈사이 명인의 마지막 승부 바둑(은퇴기)의 관전기를 쓰고, 명인의 마지막 장기 상대가 되고, 명인의 마지막 얼굴(죽은 얼굴) 사진을 찍은 셈이었다.

명인과 나의 인연은 도쿄니치니치[日日](마이니치[每日]) 신문사가 은퇴기의 관전 기자로 나를 선택한 데서 시작된다. 신문사가 주최한 바둑이긴 해도, 이 바둑은 전무후무한 대규모로 치러졌다. 6월 26일 시바 공원의 고요관에서 두기 시작해, 이토의 단코엔[暖香園]에서 끝난 게 12월 4일이었다. 바둑 한 판에 얼추 반년이 걸렸다. 14회나 계속되었다. 나는 신문에 관전기를 64회에 걸쳐 연재했다. 다만 대국 중반에 명인이 병으로 쓰러졌기 때문에, 8월 중순부터 11월 중순까지 석 달은 쉬었다. 하지만 명인의 위중한 병환 탓에 이 바둑은 한층 비통한 것이 되었다. 그리고 역시나 이 바둑이 명인의 목숨을 빼앗은 셈이리라. 이 바둑 후에, 명인은 원래의 몸을 회복하지 못한 채 일 년쯤 뒤 죽었다.

2

명인의 은퇴기가 끝난 시간을 정확히 말하면, 1938년 12월 4일 오후 2시 42분이었다. 흑(黑)의 237이 마지막 수였다.

그리고 명인이 아무 말 없이 공배(空排)[3]를 하나 메운 순간, "다섯 집인가요?" 하고 입회자인 오노다 6단이 말했다. 매

---

3) 흑과 백, 어느 쪽에도 집이 될 수 없는 곳. 바둑을 마칠 때, 계가를 위해 흑과 백이 교대로 공배를 메운다.

우 조심스러운 목소리였다. 명인의 다섯 집 패배가 분명한 만큼 굳이 계가(計家)[4]하는 수고를 덜어 주려는, 명인에 대한 배려였으리라.

"네, 다섯 집……." 명인은 중얼거리며 다소 부어오른 눈꺼풀을 치켜올리고, 더 이상 돌을 늘어놓아 보려고 하지는 않았다.

대국실에 몰려 있던 관계자들 중 어느 누구도 입을 떼지 못한다. 묵직한 공기를 누그러뜨리듯, 명인이 나직이 말했다.

"내가 입원하지 않았더라면, 8월 내로 하코네에서 끝났겠지."

그리고 자신이 사용한 시간을 물었다.

"백(白)은 19시간 57분, ……3분을 더하면 꼭 절반입니다." 기록 담당 소년 기사가 대답했다.

"흑은 34시간 19분……."

바둑의 제한 시간은 고단자일 경우 대개 10시간 남짓이지만, 이 바둑에 한해 40시간으로 약 네 배 연장되었다. 그렇긴 해도 흑이 사용한 34시간은 엄청나다. 바둑에 시간제(時間制)가 마련되고 나서, 아마도 전무후무한 일이리라.

끝났을 때가 마침 3시경이라 여관의 종업원이 간식을 가져왔다. 사람들은 여전히 입을 다문 채 반면(盤面)에 눈길을 주고 있었다.

"드시지요, 단팥죽." 하고 명인이 상대인 오타케(大竹) 7단에게 말했다.

---

4) 바둑에서 대국을 마친 후 승패를 가리기 위해 집 수를 셈하는 것.

젊은 7단은 바둑이 끝났을 때,

"선생님, 고맙습니다." 명인에게 절을 하고는, 고개를 푹 숙인 채 꼼짝도 하지 않았다. 두 손을 가지런히 무릎에 올려놓았고, 하얀 얼굴은 창백했다.

명인이 반상의 돌을 거두는 데에 이끌려, 7단도 흑돌을 통에 담았다. 명인은 대국자의 소감 같은 건 한마디도 없이, 여느 때와 마찬가지로 무심히 자리를 떴다. 물론 7단도 소감을 말하지 않았다. 만약 7단이 졌다면, 무슨 말이든 했을 텐데.

나도 내 방으로 돌아와 언뜻 밖을 내다보니, 오타케 7단이 그야말로 눈 깜짝할 새 부리나케 솜옷으로 갈아입고 정원에 나와, 건너편 벤치에 홀로 앉아 있었다. 팔짱을 꼭 낀 채였다. 파리해진 얼굴을 수그리고 있었다. 잔뜩 찌푸린 겨울날 해 질 녘, 제법 쌀쌀하고 널찍한 정원에서 깊은 생각에 잠긴 모습이었다.

내가 툇마루의 유리문을 열고,

"오타케 씨, 오타케 씨!" 불러도, 화가 난 듯 흘끗 돌아다볼 뿐이었다. 눈물이 나는 것이리라.

시선을 돌려 방 안으로 들어오니, 명인의 부인이 인사차 왔다.

"오랫동안 여러모로 신세를 졌습니다……."

내가 부인과 두세 마디 이야기를 나누는 사이, 오타케 7단의 모습은 정원에서 사라졌다. 그리고 다시 부리나케 예복 차림으로 격식을 갖추어, 부부가 함께 명인의 방과 관계자들의 방으로 인사를 다녔다. 내 방에도 왔다.

나도 명인의 방으로 인사하러 갔다.

3

반년이나 걸린 바둑도 승부가 나자, 다음 날에는 관계자들도 모두 서둘러 돌아갔다. 마침 이토센(伊東線)의 시범 운행 전날이었다.

연말연시 온천이 붐비는 철을 앞두고 전차가 개통하는 이토 시내는 큰길에 축하 장식이 내걸렸고 활기를 띠었다. 말 그대로 '통조림' 상태로 갇힌 기사들과 함께 나도 여관에 틀어박혀 있었기 때문에, 돌아가는 버스에 오를 때 이 거리의 장식이 눈에 들어오자 동굴을 빠져나온 듯 해방감을 느꼈다. 새로 생긴 역 주변에 흙빛이 선명한 도로가 나 있거나 급조된 주택이 들어서고 있는 신개발 지역의 어수선함도, 내겐 바깥세상의 활기로 보였다.

버스가 이토 시내를 벗어나 해안 도로에서 땔감을 짊어진 여자들과 마주쳤는데, 손에 풀고사리를 들고 있었다. 땔감에 풀고사리를 매단 여자도 있었다. 나는 갑자기 사람이 그리워졌다. 산을 넘어와 마을에 피어오르는 연기를 봤을 때처럼. 이를테면 설맞이 채비 같은, 평범한 일상의 관습이 그리워졌다. 나는 이상한 세계로부터 도망쳐 온 것 같았다. 여자들은 장작을 주워, 저녁밥을 지으러 돌아가는 길이리라. 바다는 해가 떠 있는 곳을 분간할 수 없을 만치 뿌연 빛에 감싸여, 금세 어둑해질 듯 겨울빛을 띠었다.

그러나 버스 안에서도 나는 여전히 명인을 떠올리고 있었다. 연로한 명인의 느낌이 몸에 사무친 탓에, 사람에 대한 그리움을 느끼는 건지도 모른다.

바둑 관계자들이 한 사람도 빠짐없이 떠나간 뒤, 늙은 명인 부부만 이토의 여관에 남아 있다.

'불패의 명인'이 일생의 마지막 승부 바둑에서 졌으므로 그 대국 장소에 가장 머물고 싶지 않은 이는 명인일 테고, 병고를 무릅쓰고 싸운 피로를 덜기 위해서라도 더더욱 서둘러 장소를 바꾸는 게 나으련만, 이러한 것들에 명인은 무덤덤하고 무신경한 것일까. 관계자들이나 대국을 관전한 나마저 더 이상 이곳에 머물 수 없어 도망치듯 돌아갔음에도, 패배한 명인만이 자리에 남겨졌다. 그 울적하고 허전한 기분 따윈 사람들의 상상에 내맡긴 채 자신은 아무렇지 않은 얼굴로, 명인은 여느 때와 다름없이 오도카니 앉아 있는 것일까.

상대인 오타케 7단은 일찌감치 돌아갔다. 아이가 없는 명인과 달리, 이 사람에겐 북적대는 가정이 있었다.

가족이 모두 열여섯 명이 되었다는 편지를 내가 오타케 7단의 부인으로부터 받은 것은, 이 바둑이 있고 나서 이삼 년쯤 지나서였지 싶다. 열여섯 명이라는 대가족에도 7단의 성격이며 생활 방식이 느껴져, 나는 한번 방문해 보고 싶어졌다. 그 후 7단의 부친이 돌아가시고 열여섯 명이 열다섯 명으로 되었을 때 나는 문상을 간 적이 있다. 문상이라고는 해도 장례식을 치르고 한 달이나 지난 뒤였으리라. 나는 첫 방문이었고 7단은 부재중이었지만, 부인이 반가이 맞아 주어 응접실로 안내되었다. 부인은 인사를 끝내고 일어나 문 쪽으로 가더니,

"자, 다들 불러 모으세요." 하고 누군가에게 말했다. 우당탕

발소리가 나고, 소년 네다섯 명이 응접실로 들어왔다. 아이들은 차렷 자세로 한 줄로 나란히 섰다. 모두 내제자(內弟子)인 듯 열한두 살부터 스무 살 남짓의 소년들이었는데, 그 가운데는 뺨이 발그레하고 포동포동 덩치가 큰 소녀도 한 명 섞여 있었다.

부인은 나를 소개하고,

"선생님께 인사드리세요."라고 했다. 제자들은 꾸뻑 고개를 숙였다. 나는 따듯한 집을 느꼈다. 전혀 꾸밈없이, 이런 일이 자연스레 이루어지는 집이었다. 소년들이 곧장 응접실을 나가 널찍한 집을 뛰어다니며 떠드는 소리가 내게 들렸다. 나는 부인이 권하는 대로 2층으로 올라가, 내제자에게 바둑을 한 판 배웠다. 부인이 음식을 잇달아 내오는 바람에, 나는 그만 오래 머물렀다.

가족이 열여섯 명인 것은 내제자들도 포함해서였다. 내제자를 네다섯 명이나 데리고 있는 젊은 기사는, 이 사람 외엔 없었다. 그에 걸맞은 인기와 수입이 있는 셈인데, 아무튼 아이들을 끔찍이 아끼는 오타케 7단의 가족에 대한 마음 씀씀이가 거기까지 넓어진 것이리라.

명인의 은퇴기 상대자로서 여관에 통조림처럼 갇혀 있는 동안에도, 7단은 대국이 있는 날이면 저녁에 바둑을 마치고 자기 방으로 돌아와 언제나 곧바로 부인에게 전화를 걸었다.

"오늘은 선생님께 부탁을 드려서 (몇) 수까지 나갔어요."

보고는 단지 그뿐, 바둑의 형세를 내비칠 불근신한 구석이 있을 리 만무하지만, 이 전화 목소리가 7단의 방에서 들려오면 나는 호감을 갖지 않을 수 없었다.

4

시바 고요관의 대국 개시식(開始式)에서는 흑이 한 수를 두고 백이 한 수를 두었을 뿐, 다음 날도 겨우 12수까지만 나아갔다. 그리고 대국 장소를 하코네로 옮기게 되어 명인과 오타케 7단 그리고 관계자들이 다 함께 도가시마의 다이세이관(對星館)에 도착한 날은, 바둑도 아직 지금부터 시작인 데다 대국자들 사이에 묘한 신경전도 없어, 명인도 채 한 병을 못 비운 저녁 반주에 마음이 푸근해져 몸짓 손짓 더해 가며 만담을 펼칠 정도였다.

먼저 안내를 받은 널찍한 방의 커다란 책상이 쓰가루 칠기인 듯하다는 데서 칠기 이야기가 나왔고, 명인이 말했다.

"언제였나, 옻으로 만든 바둑판을 본 적이 있어요. 옻칠을 한 게 아니라 속속들이 죄다 옻을 굳힌 것인데, 아오모리의 칠장이가 취미 삼아 만들었다고는 해도 이십오 년이 걸렸답니다. 마르기를 기다렸다가 그 위에 계속 덧칠을 하는 것이니, 그 정도는 걸리겠지요. 바둑통이며 상자도 옻이에요. 그걸 박람회에 출품해 오천 엔이라 값을 매겼는데 팔리지 않으니, 삼천 엔에 주선해 달라고 일본기원으로 가져왔어요. 한데, 그게 어찌나 무거운지. 나보다 더 무겁습니다. 십삼 관5)이나 돼요."

그리고 오타케 7단을 보면서,

"오타케 씨는 다시 살이 쪘군요."

"십육 관……."

"그래요? 딱 내 두 배네요. 나이는 내 절반도 안 되었는데……."

"서른이 됐습니다, 선생님. 서른이라니……, 내키지 않네요. 선생님 댁에 공부하러 다닐 무렵은 말랐었지요."라며 오타케 7단은 소년 시절을 떠올리고,

"선생님 댁에 머물던 때는 병이 나는 바람에, 사모님께 엄청 신세를 졌습니다."

그리고 7단 부인의 고향인 신슈에 있는 온천장 이야기를 하다, 가족 이야기가 나왔다. 오타케 7단은 5단이던 당시, 스물세 살에 결혼했다. 아이가 셋이다. 내제자가 세 명 있어 가족은 열 명이다.

여섯 살짜리 큰딸이 어깨너머로 바둑을 익혔다면서,

"얼마 전 9점 접바둑을 두었는데, 그 기보를 남겨 두었습니다."

"그래요? 9점 접바둑을? 신통하군요." 하고 명인도 말했다.

"네 살짜리 둘째도 단수(單手)⁶⁾는 이해합니다. 재능이 있는지 어떤지는 아직 모르겠지만, 만약 실력이 좋아진다면……."

그 자리에 동석한 사람들도 어떻게 응수해야 할지 망설이는 것 같았다.

바둑계의 일인자인 7단이 여섯 살, 네 살짜리 여자아이를

---

5) 1관(貫)은 3.75킬로그램.
6) 바둑에서 한 수만 더 두면 상대편의 돌을 따낼 수 있는 상태.

상대로 바둑을 두고, 어린 자식에게 재능이 있다면 자신처럼 기사로 키우고 싶다고 진지하게 생각하는 모양이다. 바둑의 재능은 열 살 무렵 드러나기에 그때부터 공부하지 않으면 성공하기 어렵다고들 하지만, 나는 오타케 7단의 이야기가 의아하게 들렸다. 바둑에 온전히 홀려 있으면서도 아직 바둑을 신물 내지 않는 서른 살의 젊음 때문일까. 틀림없이 행복한 가정을 꾸리고 있으려니 싶었다.

이때 명인은 지금 살고 있는 세타가야의 집은 이백육십 평 대지에 건평이 팔십 평인데, 마당이 비교적 좁은 편이라 이곳을 팔고 좀 더 마당이 넓은 곳으로 이사하고 싶다는 이야기를 했다. 가족 이야기를 하려 해도, 곁에 있는 부인과 단둘뿐이다. 지금은 내제자도 없다.

5

명인이 성(聖) 누가 병원에서 퇴원하면서, 그간 석 달을 쉬었던 바둑이 이토의 단코엔에서 연이어졌지만 첫째 날 흑 101에서 105까지 겨우 다섯 수 나갔을 뿐, 그다음 대국 날짜도 정하지 못하는 분규가 벌어졌다. 명인이 병환으로 인해 내놓은 대국 조건의 변경을 오타케 7단은 승낙하지 않았고, 이 바둑을 포기하겠다고 버텼다. 하코네에 있을 때보다도 갈등은 풀기 어려웠다.

대국자도 관계자도 여관에 틀어박힌 채 갑갑한 날들이 헛되이 흘러갈 뿐이어서, 명인은 기분 전환 삼아 가와나(川奈)로 외출한 적이 있다. 나들이를 꺼리는 명인이 직접 나서는 것은 참으로 보기 드문 일이었다. 명인의 제자 무라시마 5단과 기록을 맡은 소녀 기사 그리고 내가 동행했다.

하지만 가와나의 관광호텔에 들어가서는, 널찍한 휴게실의 멋스런 의자에 앉아 쉬며 도리 없이 홍차나 마시는 것이 명인에겐 도무지 어울리지 않았다.

이 휴게실은 통유리로 되어 본관에서 정원 쪽으로 둥그렇게 튀어나와 있었다. 전망대나 일광욕을 하는 방 같기도 했다. 잔디가 깔린 드넓은 정원 좌우로 후지 코스와 오시마 코스, 두 개의 골프장이 보였다. 정원과 골프장 앞은 바다였다.

전부터 나는 환하게 탁 트인 가와나의 경치를 좋아하여, 기분이 울적한 명인이 봤으면 좋겠다는 생각에 명인을 유심히 살폈다. 명인은 그저 멍하니 있을 뿐, 경치를 보려는 낌새가 없다. 주위 손님들에게도 시선을 보내지 않는다. 명인이 낯빛도 바꾸지 않고 경치에 대해서건 호텔에 대해서건 한마디도 하지 않기에, 여느 때처럼 부인이 이를 수습하듯 경치를 극구 칭찬하며 명인의 동의를 구했다. 명인은 수긍하지도 거스르지도 않았다.

나는 바깥의 환한 햇살 아래 명인을 두고 싶어서, 정원으로 이끌었다.

"그래요, 여보. 나가요. 따뜻해서 괜찮아요. 기분이 아주 산뜻해질 거예요." 하고 부인은 나를 위해서라도 명인을 재촉했다. 명인도 그다지 싫어하는 기색은 아니었다.

오시마가 뿌옇게 흐려 보이는 초겨울의 따스한 날이었다. 포근하고 잔잔한 바다에 솔개가 날고 있었다. 정원의 잔디밭 끄트머리에 소나무가 죽 늘어서, 바다의 가장자리를 꾸몄다. 그 잔디밭과 바다의 경계선에 신혼부부 몇 쌍이 여기저기 흩어져 있었다. 거대하고 환한 풍경 속에 있는 탓인지 신혼여행다운 어색함이 없이, 신부의 기모노가 바다와 소나무 빛깔에 도드라져 먼 데서 보기에 한결 행복한 싱그러움이 생생히 전해졌다. 이곳에 온 사람들은 부유한 집안의 신랑 신부이다. 나는 회한과 흡사한 선망을 느끼며,

"저들은 모두 신혼여행을 왔군요." 하고 명인에게 말했다.

"재미도 없을 텐데." 명인은 중얼거렸다.

무표정하게 중얼거린 명인의 이 말을, 나는 훗날이 되어서도 가끔 떠올리곤 했다.

나는 잔디밭을 거닐어 보고 싶고 잔디 위에 앉아 보고 싶기도 했지만, 명인이 줄곧 한자리에 서 있기만 할 뿐이라서 덩달아 어쩔 수 없이 옆에 서 있었다.

돌아오는 길에는 차를 돌려 잇페키코〔一碧湖〕로 향했다. 이 작은 호수도 만추의 오후에 쓸쓸한 맛이 깊어져, 놀랍도록 아름다웠다. 명인도 차에서 내려 잠시 서서 바라보았다.

가와나 호텔의 분위기가 무척이나 화사하기에, 나는 바로 다음 날 아침부터 오타케 7단을 데리고 나섰다. 완고하게 뒤틀려 버린 심사가 풀어지기를 바라는 노파심도 있었다. 일본 기원의 야와타 간사와 니치니치 신문의 스나다 기자도 함께였다. 낮에는 호텔 정원의 시골풍 집에서 전골을 먹으며 저녁

무렵까지 놀았다. 가와나 호텔에 나는 요전에 오쿠라 기시치로[7]의 초대로 무용가들과 와 본 적이 있고 혼자 온 적도 있어서 친숙했다.

가와나에서 돌아온 후에도 이 바둑의 분규는 계속되어 방관자에 불과한 나까지도 마지막에는 혼인보 명인과 오타케 7단 사이를 중재하기에 이르렀는데, 아무튼 다시 대국이 이어진 것은 11월 25일이었다.

명인은 큼직한 오동나무 화로를 옆에, 그리고 또 하나 직사각형 나무 화로를 뒤쪽에 놓도록 했다. 물을 끓여 김이 폴폴 나오게 했다. 7단이 권하는 대로 명인은 목도리를 한 채, 안감이 털실이고 겉은 담요처럼 보이는 망토 같은 방한복을 걸쳤다. 자신의 방에서도 이 옷을 벗지 않는다. 그날은 미열이 있다고 했다.

"선생님의 평소 체온은……?" 바둑판 앞에 앉은 오타케 7단이 묻자,

"글쎄요, 5도 7부나 8부, 9부. 이 정도이고 6도는 넘지 않아요." 명인은 무언가를 음미하듯 나직이 대답했다.

또 언젠가 명인은 신장이 어떻게 되느냐는 질문에,

"징병 검사 때는 4척 9촌 9부였는데 그 후로 3부 자라서 5척 2부가 되었지요. 나이가 들면 줄어드는 법이라, 지금은 딱 5척입니다."라고 했다.

---

7) 大倉喜七郎(1882~1963). 오쿠라 가문의 2세로 오쿠라 호텔을 창업했으며, 일본기원 부총재를 지냈다.

하코네에서 대국 도중에 병이 난 명인을 진찰한 의사는,

"제대로 발육이 안 된 아이의 몸이에요. 장딴지 같은 데는 전혀 살집이 없습니다. 이 정도면 자신의 몸을 지탱할 힘도 없을 텐데요. 약도 성인 치는 드릴 수 없으니, 열서너 살 아이의 용량만큼만……." 이렇게 말했다.

6

바둑판 앞에 앉으면 명인이 아주 크게 보인 이유는 물론 기예의 힘과 품위, 갈고닦은 수행의 결과이지만, 5척이라는 신장에 비해 몸통이 길었다. 또한 얼굴도 길쭉하니 커다랗고 코, 입, 귀 등의 생김새가 큼직했다. 특히 턱뼈가 튀어나왔다. 내가 찍은 고인의 얼굴 사진에서도 이런 특징이 눈에 띄었다.

명인의 죽은 얼굴이 어떤 식으로 찍혔을지, 인화가 마무리될 때까지 나는 상당히 염려되었다. 나는 사진의 현상과 인화를 전부터 구단에 있는 노노미야 사진관에 부탁해 놓았는데, 사진관에 필름을 맡길 때 명인의 죽은 얼굴을 찍은 까닭을 이야기하고, 이것만은 조심스레 다루도록 거듭 당부했다.

고요 축제가 끝난 뒤 나는 일단 집으로 갔다가 다시 아타미로 갔기 때문에, 노노미야에서 가마쿠라의 집으로 사진이 도착하면 곧장 주라쿠 여관으로 보내라는 말과 함께 나는 아내에게 절대로 사진을 봐서는 안 된다, 남에게 보여 줘서도 안 된다고 단단히 일러두었다. 나의 서툰 사진으로 혹시라도 명

인의 죽은 얼굴이 보기 흉하거나 비참해져서 그 모습이 사람들 눈에 비치고, 그런 이야기가 사람들 입에 오르내린다면 명인을 욕보이게 된다고 여겼기 때문이다. 사진의 결과가 시원찮으면, 명인의 부인이나 제자들에게도 보여 주지 않고 그대로 태워 버릴 작정이었다. 내 사진기는 셔터가 고장 났으니, 제대로 찍히지 않았을 수도 있었다.

내가 고요 축제 사람들과 바이엔의 부쇼안 식당에서 점심 식사로 칠면조 전골을 먹고 있을 즈음, 아내한테서 전화가 걸려 왔다. 명인의 죽은 얼굴 사진을 내가 찍어도 좋다는 유족의 말을 전했다. 그날 아침, 죽은 명인을 만나고 돌아온 다음에 나는 퍼뜩 생각이 들어, 만약 데스마스크나 마지막 사진을 찍어 주었으면 하는 유족의 바람이 있다면 나도 사진을 찍을 수는 있다고, 나중에 문상하러 가는 아내에게 전언을 일러두었던 터였다. 명인의 부인은 데스마스크는 싫지만, 사진은 내게 부탁하고 싶다고 했다.

하지만 막상 찍으려고 하니, 나는 책임이 무거운 사진을 찍을 자신이 없었다. 게다가 내 사진기는 셔터가 닫힐 때 툭하면 걸려 멎는 탓에, 실패할 우려가 있었다. 고요 축제를 촬영하기 위해 도쿄에서 출장 나온 사진사가 부쇼안에 마침 와 있기에, 나는 명인의 죽은 얼굴을 찍어 달라고 부탁했다. 사진사는 기뻐했다. 명인과 친분이 없는 사진사를 불쑥 데려가면 부인은 언짢아할지도 모르겠지만, 내가 찍는 것보다는 나을 게 분명했다. 그런데 고요 축제를 위한 사진사에게 다른 일을 맡기는 것은 곤란하다고, 축제 관계자들로부터 쓴소리가 나왔다. 맞는 말이었다. 오늘 아침부터 명인의 죽음에 대한 감상은 나 혼자만의 것으로, 고요 축제측 사람들 틈에서 나는 뒤숭숭한 기분이었다. 나는 고장 난 셔터를 사진사에게 보였다. 벌브(bulb)[8]를 열어 둔 채 셔터 대신 손바닥을 쓰면 된다고, 사진사가 가르쳐 주었다. 새 필름도 넣어 주었다. 나는 차를 타고 우로코야 여관으로 갔다.

명인이 누워 있는 방은 덧문을 꼭 닫았고, 전등이 켜져 있었다. 부인과 그녀의 남동생이 나와 함께 들어갔다.

"어둡네요. 문을 열까요?" 남동생이 말했다.

나는 열 장 남짓 찍었을까. 걸려 멎지 않도록 신경 쓰면서 셔터를 눌렀다. 사진사가 가르쳐 준 대로 셔터 대신 손을 사용하기도 했다. 찍는 방향이나 각도를 이리저리 바꾸고 싶었지만, 나는 거의 기도하는 심정이었기에 시신 주변을 무례하게 어슬렁거릴 수는 없어, 한자리에 내처 앉아 있었다.

가마쿠라의 집에서 사진을 보내 주었는데 노노미야 사진관의 봉투 뒷면에,

'노노미야에서 방금 도착했어요. 열어 보지 않았어요. 콩 뿌리기[9]는 4일 5시이고 사무실로 오시랍니다.'라고 아내가 써 놓았다. 쓰루가오카 하치만구〔八幡宮〕의 콩 뿌리기에, 가마쿠라의 문인들이 도시오토코〔年男〕[10]가 되는 그 절기도 가까웠다.

---

8) 카메라 셔터 눈금의 하나. 이 눈금에 맞춰 두면, 셔터 버튼을 누르고 있는 동안 렌즈가 열려 있게 되는 장치.

9) 입춘 전날 밤 액운을 쫓기 위하여 콩을 뿌리는 행사.

10) 액막이로 콩 뿌리는 일을 맡은 사람. 보통 그 해의 띠에 해당하는 남자

나는 봉투 안의 사진을 꺼내 보자마자, 아아 하고 명인의 얼굴에 빠져들었다. 사진은 아주 잘 나왔다. 살아서 잠이 든 듯 찍혔고, 더욱이 죽음의 고요가 감돌았다.

　똑바로 눕힌 명인의 배 옆에 내가 앉아 찍었기 때문에 다소 비스듬히 올려다보는 듯한 옆얼굴인데, 죽은 자의 표시로 베개가 없는 탓에 얼굴은 살짝 젖혀진 상태로, 툭 튀어나온 턱뼈와 조금 벌어진 길쭉한 입매가 한결 두드러졌다. 다부진 코도 언짢을 정도로 큼직하니 보였다. 그리고 감긴 눈꺼풀의 주름부터 그림자 짙은 이마에 걸쳐, 깊은 애수가 묻어났다.

　반쯤 열린 창문을 통해 빛도 아래서 비쳐 들고, 천장의 전등 불빛도 얼굴 밑에서 비추는 데다 머리 쪽이 다소 나직하여, 이마에 그늘이 졌다. 불빛은 턱에서 뺨 그리고 움푹 팬 눈꺼풀과 눈썹이 콧날로 이어지는 높은 자리를 비추고 있었다. 좀 더 자세히 보니 아랫입술은 그늘지고 윗입술은 불빛을 받아, 그 사이 입안에 짙은 그늘이 생기면서 윗니 하나가 반짝였다. 짧은 콧수염에 섞인 새치도 눈에 띄었다. 사진으로는 건너편 오른쪽 뺨에 나 있는 커다란 사마귀 두 개의 그림자도 찍혀 있었다. 또한 관자놀이에서 이마에 걸쳐 도드라진 혈관도, 그림자를 드리우고 찍혀 있었다. 어두운 이마에 가로 주름도 보였다. 이마 위로 짧게 깎은 머리카락에 한 점 빛이 비쳤다. 명인의 머리카락은 억셌다.

가운데서 뽑는다.

7

커다란 사마귀 두 개가 보이는 건 오른쪽 뺨인데, 그 오른
쪽 눈썹이 굉장히 기다랗게 찍혀 있었다. 눈썹 끝은 눈꺼풀 위
에 활 모양을 그리며 눈꺼풀이 감긴 선까지 가 닿았다. 어째서
이토록 기다랗게 찍혔을까. 그리고 이 기다란 눈썹과 커다란
사마귀는 죽은 얼굴에 애정을 곁들이는 것 같았다.

하지만 이 기다란 눈썹이 내 가슴을 아프게 만든 까닭이
있었다. 명인이 죽기 이틀 전인 1월 16일, 아내와 함께 우로코
야 여관으로 명인을 찾아갔더니,

"아 참, 직접 뵈면 바로 말씀드려야겠다고 생각했어요. 여
보, 그 눈썹 말이에요……." 부인은 잠깐 명인을 화제에 끌어들
이려는 눈짓을 하고 내 쪽을 보았다.

"아마 12일이었을 거예요. 조금 따뜻했죠. 아타미에 가는데
산뜻하게 수염이라도 깎자고 하기에 단골 이발사를 불렀어요.
햇빛이 잘 드는 툇마루에서 수염을 깎을 때 퍼뜩 생각이 난
듯, 이봐요, 왼쪽 눈썹에 유난히 기다란 터럭이 한 가닥 있지
요? 이 기다란 눈썹 터럭은 장수의 표시라고 하니까, 소중히
다루어야 해요, 자르지 마세요, 하더군요. 놀란 이발사가 손을
멈추고는, 있습니다, 있습니다! 선생님, 이거 말씀이시지요? 복
눈썹이네요, 오래 사시겠어요, 조심하겠습니다, 알겠습니다!
이렇게 이야기가 되었답니다. 남편은 또 저를 바라보면서, 이
봐, 우라가미 씨가 신문의 관전기에 쓰신 것도 이 눈썹이 아
닌가 말이야, 우라가미 씨는 참으로 세세한 구석까지 빠뜨리

지 않는 분이로군, 그 글을 보기 전까지 나 자신도 전혀 알아채지 못했거든. 이런 이야길 하시면서 무척 감동스러워하셨답니다."

명인은 여느 때처럼 잠자코 있었지만, 문득 날아가는 새 그림자를 본 듯한 표정을 지었다. 나는 낯간지러웠다.

그러나 장수의 표시이니 이발사에게 자르지 말라고 했다는 기다란 눈썹 이야기를 전해 들은 이틀 후에, 명인이 죽게 될 줄은 몰랐다.

더구나 노인의 눈썹에서 한 가닥 기다란 터럭을 발견하고 쓴다는 건 변변찮은 일이긴 해도, 그 당시는 한 가닥 눈썹에조차 휴우, 하고 안도될 만큼 비통한 상황이었다. 하코네의 나라야 여관에서 행해진 그날의 관전기를, 나는 이렇게 썼다.

혼인보 부인은 연로한 명인 곁에서 시중들며 여관에 줄곧 머물고 있다. 오타케 부인은 여섯 살 만이부터 세 아이를 두었으니, 히라쓰카와 하코네를 오가고 있다. 두 부인의 마음고생은 옆에서 지켜보기에도 안쓰럽다. 명인이 병환을 무릅쓰고 두 번째 대국을 이어가던 8월 10일에는, 양쪽 부인 모두 핏기가 싹 가신 채 홀쭉해져 인상이 바뀌고 말았다.

명인 부인도 대국 중에 곁을 지킨 전례는 없으나, 이날만은 옆방에서 한결같이 명인의 용태를 줄곧 지켜보고 있었다. 바둑을 보고 있는 게 아니다. 아픈 남편에게서 눈을 떼지 못하는 것이다.

한편 오타케 부인은 대국실에는 절대 모습을 보이지 않지만

가만히 있기가 힘든 듯, 복도에 서 있거나 걷기도 하다가 급기야 생각다 못해 관계자들의 방에 들어와,

"오타케는 여전히 고심하는 중인가요?"

"네, 어려운 고비인가 봅니다."

"고심할 때 하더라도 간밤에 잠을 좀 잤더라면 수월할 텐데……"

오타케 7단은 아픈 명인과 대국을 이어 가는 것이 옳은지 그른지 외곬으로 고뇌하느라, 어제부터 1분도 잠을 못 이룬 채 오늘 아침의 전투에 나선 것이다. 더구나 대국을 잠시 멈추기로 한 약속 시간인 12시 반에는 흑의 차례가 되었고, 지금은 벌써 1시 반이 가까운데도 아직 봉수(封手)[11]가 결정되지 않았다. 점심 식사를 생각할 겨를이 없다. 부인이 차분하게 방에서 기다리지 못하는 것도 당연하다. 부인 역시 간밤엔 한잠도 못 잤다.

딱 한 사람 명랑한 건 오타케 2세뿐이다. 생후 팔 개월이 되었다는 이 아기는 참으로 멋지다. 만약 오타케 7단의 정신에 대해 묻는 이가 있다면, 이 아기를 보여 주는 게 좋겠다는 생각이 들 정도다. 7단의 용감한 기개를 상징하듯 대단히 훌륭한 아기다. 어른인 어느 누구를 봐도 오늘은 심사가 괴로운 나는, 이 용감한 아기 덕분에 구원받는 기분이었다.

또한 이날 처음으로 나는 혼인보 명인의 눈썹에서 아주 기다랗고 하얀 터럭을 발견했다. 눈꺼풀이 부어오르고 얼굴에 핏

---

11) 바둑이나 장기에서 대국이 당일에 끝나지 않고 다음 날로 넘어갈 때, 종이에 적어 밀봉해 두는 그날의 마지막 수.

대가 선 명인의 — 이 기다란 눈썹은, 역시나 마음 놓이는 하나의 구원이었다.

정말이지 대국실은 귀기가 서린다는 말 그대로였다. 복도에 서서 뜨거운 여름 햇볕이 내리쬐는 정원을 문득 내려다보니 세련된 아가씨가 무심히 연못의 잉어에게 먹이를 던져 주고 있었는데, 나는 무언가 기괴한 모습을 바라보는 느낌이 들어 이 세상 일이라고는 믿기지 않을 정도였다.

명인 부인도 오타케 부인도 얼굴이 푸석푸석 까칠하고 창백하다. 대국이 시작되자 명인 부인은 여느 때와 마찬가지로 방을 나갔지만, 오늘은 곧바로 돌아와 옆방에서 명인을 계속 지켜보았다. 오노다 6단도 눈을 감은 채 고개를 숙이고 있다. 관전하는 무라마쓰 쇼후도 안쓰러운 표정이다. 녹록잖은 오타케 7단조차 전혀 말이 없고, 상대인 명인을 똑바로 쳐다보지 못하는 모양새다.

백 90의 봉수를 열고 명인은 연신 머리를 왼쪽으로 오른쪽으로 갸우뚱하면서 92로 맞끊었다. 그리고 백 94가 1시간 9분간의 장고(長考) — 명인은 눈을 감았다가 옆을 보았다가 또 이따금씩 구역질을 꾹 참는 듯 아래를 내려다보았다가, 너무나 고통스러워 보인다. 모습에 여느 때와 같은 힘이 없다. 역광선으로 보는 탓인지 명인의 얼굴 윤곽이 흐릿하니 풀어져, 마치 유령 같다. 대국실도 평소의 고요와 달리 적막하다. 95, 96, 97로 이어지며 바둑판에 내리꽂히는 돌 소리가 쓸쓸한 골짜기에 쩌렁쩌렁 울리는 듯하다.

백 98을 명인은 다시 30분 남짓 생각했다. 입을 약간 벌린 채 눈을 깜빡거리며 부채질하는 품이 영혼 깊숙한 곳의 불꽃을 활활 일으키려는 것 같다. 이렇게까지 해서 바둑을 두어야만 하는 걸까.

그때 대국실로 들어온 야스나가 4단이 문지방 앞에 두 손을 짚고 진심 어린 절을 했다. 경건한 예배다. 두 명의 기사는 알아채지 못한다. 그리고 명인이나 7단이 자기 쪽으로 시선을 향하는 낌새가 있을 때마다, 야스나가는 공손히 머리를 조아린다. 정말이지 이런 식으로 예배할밖에 도리가 없다. 귀신들이 맞붙는 처절한 대국이었으리라.

백 98을 두고 잠시 후, 기록 담당 소년이 12시 29분을 알린다. 그리고 30분, 봉수할 시간이다.

"선생님, 피곤하시면 저쪽에서 휴식을……." 하고 오노다 6단이 명인에게 말한다. 화장실에서 돌아온 오타케 7단도,

"쉬십시오. 편하실 대로……. 저 혼자 생각하고 봉하겠습니다. 절대 의논은 하지 않겠습니다." 이 말에 비로소 다들 크게 웃음을 터뜨렸다.

명인을 더 이상 바둑판 앞에 앉혀 둘 수 없다는 배려다. 이제 오타케 7단이 99수를 봉하는 일만 남아, 명인이 반드시 자리를 지키고 있어야 하는 건 아니다. 명인은 일어나 자리를 뜰지, 아니면 계속 앉아 있을지 고개를 갸웃하며 생각에 잠겼다가,

"좀 더 기다리지……."

하지만 잠시 후 화장실에 가더니 옆방으로 와서, 무라마쓰 쇼후 씨 등과 담소를 나누었다. 바둑판을 벗어나자, 뜻밖에 기운이 돌았다.

홀로 남겨진 오타케 7단이 우하귀에 놓인 백의 형태를 뚫어지게 응시하기를 1시간 13분, 1시 지나 봉한 것이 흑 99, 중앙에서 들여다본 수였다.

　그날 아침, 오늘의 대국 장소는 별관과 본관 2층 가운데 어느 쪽이 좋은지를 물어보러 관계자가 명인의 방으로 찾아갔을 때,

　"나는 이제 마당을 걸을 수 없게 되었으니 본관으로 했으면 좋겠지만, 일전에 오타케 씨가 본관은 폭포 소리가 시끄럽다고 했으니까 오타케 씨에게 물어보세요. 오타케 씨 좋을 대로 하지요."

　이것이 명인의 대답이었다.

8

　내가 관전기에 쓴 명인의 눈썹은 왼쪽 눈썹의 한 가닥 하얀 터럭이었다. 그런데 죽은 명인의 얼굴 사진에선, 오른쪽 눈썹 전체가 기다랗게 찍혀 있었다. 설마 명인이 죽고 나서 갑자기 자라난 건 아닐 테지. 명인의 눈썹이 이처럼 길었던가. 사진은 오른쪽 눈썹의 길이를 과장스러우면서도 진실하게 보여 주는 게 틀림없었다.

　사진이 시원찮게 되면 어쩌나, 하고 나는 그토록 염려할 필요는 없었던 듯하다. 콘탁스(Contax) 카메라에 조나(Sonnar) 1.5 렌즈로 찍었는데, 나의 기교와 궁리가 없어도 렌즈는 성능 그대로의 몫을 해 주었다. 렌즈로선, 살아 있는 사람도 죽은

사람도, 인물도 사물도 없다. 감상(感傷)도 예배도 없다. 다만 내가 사용법에서 그다지 실수하지 않았기에, 조나 1.5의 사진이 가능했던 것이리라. 죽은 사람의 얼굴 사진인데도 넉넉함과 부드러움이 느껴지는 것은 렌즈 덕분인지도 모른다.

하지만 나는 사진의 감정이 마음에 사무쳤다. 감정은 사진에 찍힌 명인의 죽은 얼굴에 있는 것일까. 죽은 얼굴에는 자못 감정이 드러나 있지만, 죽은 그 사람은 이미 아무런 감정도 없다. 이렇게 생각하니, 내겐 이 사진이 삶도 죽음도 아닌 듯 다가왔다. 살아서 잠든 것처럼 찍혀 있다. 그러나 그런 의미가 아니라 이것을 죽은 사람의 얼굴 사진으로 보더라도, 삶도 죽음도 아닌 무엇이 여기에 있는 듯 느껴진다. 살아 있던 얼굴 그대로 찍혀 있기 때문일까. 이 얼굴에서 명인이 살아 있던 때의 여러 가지 추억이 떠오르기 때문일까. 혹은 죽은 얼굴 그 자체가 아니라 죽은 얼굴 사진이기 때문일까. 죽은 얼굴 그 자체보다도 죽은 얼굴의 사진에서, 더 분명하고 자세히 죽은 얼굴을 볼 수 있다는 것도 기묘한 일이었다. 내겐 이 사진이 어쩐지 봐서는 안 될 비밀스러운 상징처럼 여겨졌다.

훗날 나는 역시나, 죽은 얼굴을 사진 찍는 일 따위, 생각 없는 짓이었다고 후회했다. 죽은 얼굴 사진 따윈 남길 만한 게 못 된다. 그럼에도 이 사진에서 명인의 범상치 않은 생애가 내게 전해져 오는 것도 사실이었다.

명인은 결코 미남도 아니고 고귀한 인상도 없었다. 오히려 야비하고 초라한 인상이었다. 이목구비 가운데 어느 한 가지를 들어도, 아름다운 건 없었다. 예컨대 귀는 귓불이 찌부러

진 것 같았다. 입은 큼직하고 눈은 크지 않았다. 그러나 오랜 세월 예(藝)의 단련을 거쳐 바둑판 앞에 앉은 모습은 대범하게 좌중을 압도했으며, 죽은 얼굴 사진에도 영혼의 향기가 감돌았다. 살아서 잠든 듯 감긴 눈꺼풀 선에, 깊은 애수가 깃들었다.

그리고 죽은 얼굴에서 가슴 쪽으로 시선을 옮기면, 마치 머리뿐인 인형을 까칠한 거북 등딱지 무늬 기모노에 푹 질러 넣은 것 같았다. 이 오시마 기모노는 명인이 죽은 뒤에 갈아입힌 것인데, 몸에 잘 맞지 않아 어깻죽지 부분이 부풀어 있다. 그럼에도 내겐 가슴에서 그 아래가 거의 없다시피 한 명인의 죽은 몸이 느껴졌다. "이 정도면 자신의 몸을 지탱할 힘도 없을 텐데요."라고 하코네에서 의사가 말했던 명인의 하반신이다. 명인의 시신을 우로코야 여관에서 옮겨 자동차에 실을 때에도, 명인의 목에서부터 아래가 없는 것 같았다. 바둑 관전 기자로서 내가 맨 처음 본 것은, 자리에 앉은 명인의 자그맣고 얄팍한 무릎이었다. 죽은 얼굴 사진에서도 얼굴뿐이다. 머리통 하나를 굴려 놓은 듯한 오싹함도 있다. 이 사진은 비현실적으로도 보이는데, 이는 한 가지 기예에 매달려 현실의 많은 것을 잃어버린 사람의 비극적인 마지막 얼굴이기 때문일 테지. 고난을 헤쳐 온 운명의 얼굴을, 나는 사진에 남긴 것이리라. 슈사이 명인의 기예가 은퇴기에서 끝난 것처럼 명인의 생명도 끝난 것 같았다.

9

바둑의 대국 개시식이라는 것도, 이 은퇴기 말고는 아마도 전례가 없으리라. 흑이 한 수, 백이 한 수 두었을 뿐, 그다음은 축하연이었다.

1938년 6월 26일, 줄곧 내리던 장맛비도 그날은 개어 푸른 하늘이 비치고, 엷은 여름 구름이 떠 있었다. 시바 공원의 고요관 정원은 초록이 비에 말끔히 씻기어, 듬성듬성한 댓잎에 강한 햇살이 반짝였다.

널찍한 1층 방 정면에 혼인보 명인과 도전자 오타케 7단 ─ 명인 왼쪽에는 장기를 두는 세키네 13대 명인, 기무라 명인, 오목을 두는 다카기 명인, 즉 네 명의 명인이 나란히 앉았다. 바둑 명인의 대국을, 장기와 오목 명인이 관전한다. 신문사의 초청으로 명인들이 한자리에 모인 것이다. 다카기 명인 옆에 관전 기자인 내가 앉았다. 그리고 오타케 7단 오른쪽에는 이 바둑 대회를 개최한 신문사의 주필과 주간, 일본기원의 이사와 감사, 기사들의 장로 격인 7단 세 명, 이 바둑의 입회자인 오노다 6단, 그리고 혼인보 문하의 기사들이 죽 자리를 잡았다.

그러자 예복 차림으로 위엄을 갖춘 일동의 낌새를 살피고 나서, 주필이 바둑을 시작하는 기념식의 인사를 했다. 그리고 바둑판이 방 한가운데에 준비되는 동안, 자리에 앉은 사람들은 숨을 죽였다. 어느새 명인은 늘 바둑판을 마주할 때면 나오는 버릇 그대로, 고즈넉이 오른쪽 어깨를 늘어뜨렸다. 자그마한 무릎은 어찌나 얄팍한지! 부채가 큼지막하게 보인다. 오타케 7단은 눈을 감은 채, 앞뒤 좌우로 고개를 흔들고 있다.

명인이 일어섰다. 부채를 손에 쥔 그 모습이 흡사 옛 무사가 작은 칼을 차고 걷는 듯하다. 바둑판 앞에 앉았다. 왼쪽 손끝을 하카마[12]에 질러 넣고 오른손을 가볍게 주먹 쥐고서, 똑바로 고개를 들었다. 오타케 7단도 자리에 앉았다. 명인에게 절을 하고, 바둑판 위의 돌 통을 오른쪽 옆에 내려놓았다. 다시 한번 절을 하고 7단은 눈을 감았다. 그대로 꼼짝도 하지 않았다.

"시작하지." 명인이 재촉했다. 낮은 목소리였지만 거칠었다. 무얼 꾸물거리고 있나, 라는 식이다. 7단의 태도가 짐짓 연극적이다 싶어 언짢았는가. 명인의 기운 넘치는 전의(戰意)의 표출인가. 7단은 살짝 눈을 떴지만 다시 눈을 감았다. 훗날 이토의 여관에서도 대국 날 아침에 법화경을 읽은 오타케 7단은 이때도 눈을 감은 채 정신을 가다듬고 무언가를 읊조렸으리라. 이렇게 생각할 틈도 없이 돌 소리가 드높이 울렸다. 오전 11시 40분이었다.

신포석일까 구포석일까, 화점[13]일까 소목[14]일까. 오타케 7단이 신(新)과 구(舊) 중에서 어느 쪽 진을 칠지 천하의 주목을 받고 있었는데, 흑의 첫 번째 수는 우상귀 '17의 四'로 구

---

12) 일본 옷의 아래옷. 허리에서 발목까지 덮으며 넉넉하게 주름이 잡혀 있다. 바지처럼 가랑이진 것이 보통이나 치마 모양도 있다.
13) 바둑판 위에 찍혀 있는 9개의 점. 여기서는 4선과 4선의 교차점인 귀의 화점을 가리킨다.
14) 바둑판의 3선과 4선의 교차점.

포석의 소목이었다. 이 흑 1의 소목으로, 이번 바둑의 커다란 수수께끼 하나가 풀렸다.[15)

이 소목 앞에서 명인은 무릎 위에 손깍지를 끼면서, 바둑판을 응시했다. 신문사 사진이며 극장용 뉴스의 촬영이 많아 번쩍거리는 조명이 쏟아지는 가운데, 명인은 입술이 튀어나올 정도로 입을 굳게 다물고, 곁을 지키는 사람들이 죄다 사라져 버린 듯한 품새다. 내가 명인의 바둑을 관전하는 것은 이번이 세 번째인데, 명인이 바둑판을 마주하면 언제나 그윽한 향기가 주위를 서늘하게 씻어 주는 느낌이다.

그렇게 5분이 지난 뒤, 명인은 봉수라는 걸 깜빡 잊고서 얼핏 바둑을 두려는 손짓을 한다.

"봉수가 정해졌습니다." 오타케 7단이 명인 대신 말하며,

"선생님, 역시 두지 않으면 허전하시지요."

명인은 일본기원 간사의 안내를 받아 혼자 옆방으로 물러났다. 맹장지 문을 닫고 기보에 2의 수를 기입하고 봉투에 넣는다. 봉인하는 본인 외에 한 사람이라도 본다면, 봉수가 아니다.

이윽고 바둑판 앞으로 돌아온 명인은,

"물이 없군." 하고는 두 손가락에 침을 발라 봉투를 봉인했

---

15) 소설 속 오타케 7단의 모델은 기타니 미노루(木谷實, 1909~1975)이다. 그는 1933년 우칭위안(吳淸源, 1914~2014)과 함께 '신포석'이라는 포석법을 발표했다. 종래의 포석이 소목과 외목을 바탕으로 귀를 확실히 차지하는 것에 주안점을 두었다면, 신포석은 한 수로 귀의 처리를 발 빠르게 하며 중앙과 변으로의 발전성을 도모하는 등, 포석의 새로운 영역을 개척한 것이다. 신포석은 당시 일본의 바둑 애호가들 사이에서도 화제였는데, 그러한 정황이 화자인 우라가미의 감상에서 드러난다.

다. 봉인한 자리에 명인이 서명했다. 7단은 아래쪽 봉인 자리에 서명을 했다. 그 봉투를 커다란 봉투에 넣어, 관계자가 봉인 서명을 했다. 그리고 고요관의 금고에 맡겼다.

이렇게 오늘의 대국 개시식이 끝났다.

기무라 이혜가 해외에 소개할 사진을 찍는다 하여, 두 기사는 대국하는 모습을 연출했다. 그러고 나서야 일동은 다소 긴장이 풀려, 장로 격인 7단들도 바둑판 주위로 몰려들어 바둑판을 감상하면서 흰 돌의 두께가 3푼 6리다, 8리다, 9리다, 온갖 설이 나오는 참에 장기의 기무라 명인이 옆에서,

"이게 바로 최고의 돌이라는 건가요? 어디 한번 만져나 봅시다." 하고 손바닥에 한줌 올려 보았다. 이런 대국에서 한 수라도 놓인다면 바둑판에 금박이 붙은 듯 정평이 나기 마련이어서, 내로라하는 이름난 바둑판이 여럿 들어오는 것이다.

잠시 쉬었다가, 축하연이 베풀어졌다.

이 대국 개시식에 자리한 세 명인의 나이는 장기의 기무라 명인이 서른넷, 세키네 13대 명인이 일흔하나, 오목의 다카기 명인이 쉰하나였다. 세는나이로 그렇다.

10

1874년생으로 바로 이삼 일 전에 예순다섯 살 생일을, 중일 전쟁이 벌어진 시기인 만큼 지인들끼리 조촐하게 축하했다는 혼인보 명인은 고요관이 지어진 게,

"내가 태어난 것하고 어느 쪽이 먼저인가요?"라며 이틀째 대국 전에 말했다. 그는 메이지 시대의 무라세 슈호 8단과 혼인보 슈에이 명인도 이 집에서 바둑을 두었다고 이야기했다.

이틀째를 맞이한 대국실은 메이지 시대의 예스러움이 묻어나는 2층으로, 맹장지 문부터 채광창까지 단풍으로 채웠고, 귀퉁이에 둘러친 금병풍에도 고린[16] 풍의 화려한 단풍이 그려져 있었다. 도코노마[17]에는 팔손이나무와 달리아를 꽃꽂이해 놓았다. 널찍한 방에다 그 옆방까지 시원스레 터놓은 터라, 커다란 꽃도 눈에 거슬리지 않는다. 달리아 꽃은 조금 시들었다. 올림머리를 한 소녀가 꽃 비녀를 꽂고 이따금 차 심부름을 올 뿐, 사람들은 드나들지 않는다. 명인의 하얀 부채가 얼음물을 얹은 검은색 칠(漆) 쟁반에 비치어 움직이는 고즈넉함. 관전은 나 혼자다.

오타케 7단은 반들거리는 검정 비단 기모노에 얇은 겉옷을 걸친 예복 차림인데, 오늘의 명인은 다소 편안하게 가문(家紋)이 수놓인 겉옷을 입었다. 바둑판은 어제 것과 다르다.

어제는 흑백 한 수씩만 두고 나서 바로 축하연이 벌어진 탓에, 진정한 승부는 오늘부터라고 할 수 있겠다. 오타케 7단이 쥘부채를 소리 나게 흔드는가 하면 두 손을 허리 뒤로 맞잡았다가 다시 부채를 무릎에 세워 그 위에 팔꿈치를 대고 손으로

---

16) 오가타 고린(尾形光琳, 1658~1716). 에도 중기의 화가. 대담하고 화려한 화풍을 펼쳤다.
17) 다다미방의 정면에 바닥을 한 층 높여 만든 곳. 벽에는 족자를 걸고, 도자기나 꽃병으로 장식한다.

턱을 괴는 모양새를 취해 가며 흑 3의 수를 고심하는 사이, 보라! 명인의 호흡이 거칠어졌다. 어깨가 들썩거리는 가쁜 숨결이다. 그러나 흐트러지지는 않았다. 규칙 바른 물결이었다. 격렬한 무엇이 차오르는 것일까, 내게는 그리 보였다. 무엇인가 명인 안으로 신들리는 것 같기도 했다. 명인 자신은 미처 깨닫지 못하는 듯, 그래서 나는 더욱 가슴이 짓눌리는 느낌이었다. 하지만 그것은 아주 순식간이었고 명인의 호흡은 절로 차분해졌다. 어느새 원래의 숨결대로 편안하다. 나는 이것이 싸움에 임하는 명인의 정신적 도약판인가, 싶었다. 명인이 무의식적으로 영감을 맞이하는 마음 성향일까. 아니면 불타오르는 기백과 투지를 가다듬고 무아(無我) 삼매경으로 맑게 넘어가는 입구일까. '불패의 명인'이라 불리는 까닭은 이런 데에도 있었던가.

오타케 7단은 바둑판 앞에 앉기 전, 명인에게 공손히 인사를 하고,

"선생님, 저는 볼일이 잦아서 대국 중에 자주 자리를 뜹니다."라고 말했다.

"나도 그래. 한밤중에 세 번이나 잠을 깨." 하고 명인은 중얼거렸는데, 7단의 예민한 체질이 명인에게 전혀 통하지 않는 것 같아 묘한 느낌이었다.

나 역시 책상 앞에 앉아 일을 하다 보면 자주 볼일을 보게 되고 연신 차를 마시거나 신경성 설사를 일으키기도 하는데, 오타케 7단은 바로 극단적인 경우였다. 일본기원의 봄가을 승단 대회에서도 오직 오타케 7단만이 큼직한 찻주전자를 곁에

두고 꿀꺽꿀꺽 엽차를 마신다. 그 무렵 오타케 7단의 호적수였던 우칭위안 6단도 바둑판 앞에 앉으면 역시나 볼일이 잦았다. 네다섯 시간의 대국 도중에 열 번 이상 자리를 뜨는 걸 나는 직접 세어 본 적이 있다. 우 6단은 그다지 차를 마시는 편도 아니건만, 일어설 때마다 소리가 났으니 신기하다. 오타케 7단은 볼일뿐만이 아니다. 하카마는 말할 것도 없고 허리띠까지 복도에 풀어 놓고 가는 것이니 유별나다.

6분 생각하고 흑 3의 수를 두고는,

"실례하겠습니다." 하고 곧장 일어섰다. 다음 5의 수를 두고 다시 일어섰다.

"실례하겠습니다."

명인은 소맷자락에서 시키시마 담배를 꺼내 천천히 불을 붙였다.

이 5의 수를 생각하는 데에 오타케 7단은 품 안에 손을 질러 넣거나 팔짱을 끼기도 하고 무릎 옆에 양손을 짚는가 하면, 바둑판 위의 눈에 잘 띄지도 않는 먼지를 집어내거나 상대방의 흰 돌을 뒤집어 놓았다. 사실은 앞뒤가 바뀐 걸 제대로 바꿔 놓는 것이다. 흰 돌에 앞뒤가 있다고 한다면 대합조개의 안쪽, 즉 줄무늬가 없는 쪽이 앞일 터인데 그런 걸 신경 쓰는 사람은 없다. 하지만 오타케 7단은 명인이 개의치 않고 두는 흰 돌의 뒤가 나와 있으면, 그걸 손으로 뒤집어 놓는 일도 있었다.

대국 때의 태도가,

"선생님은 조용하시니까 저도 그만 그쪽으로 휩쓸리는 통에, 흥이 나지 않아요." 하고 오타케 7단은 장난 섞인 투로 말했다.

"저는 시끌벅적한 편이 좋아요. 너무 조용하면 지쳐요."

7단은 대국하면서 허튼소리나 농담을 끊임없이 늘어놓는 버릇이 있지만 명인이 시치미를 뚝 떼고 응수를 하지 않으니, 나 홀로 씨름으로 기운이 빠진 7단은 역시나 명인 앞에서는 여느 때보다 삼갔다.

바둑판 앞에서의 훌륭한 모습은 중년에 이르러 절로 갖춰지는 것인지, 아니면 요즘은 예절을 가벼이 여기는 것인지 젊은 기사가 몸부림을 치거나 기이한 버릇을 보이기도 하는데, 내가 본 것 가운데 이상한 느낌을 받은 건 일본기원의 언제 승단 대회였나, 한 젊은 4단이 대국하면서 상대가 두는 동안, 문예 잡지를 무릎에 펼친 채 소설을 읽고 있었다. 상대가 두고 나면 얼굴을 들어 생각하고, 자신이 두고 상대가 생각할 차례가 되면 다시 시치미 떼고 문예 잡지로 눈길을 돌렸다. 상대를 바보 취급한 거나 마찬가지인 무례한 행동에, 상대는 발끈 화가 치밀 법하다. 이 4단은 얼마 안 가 미쳐 버렸다는 이야기를, 그 후 나는 들었다. 아무래도 병적인 신경으로는, 상대가 생각하는 시간을 참을 수 없었던 것일까.

오타케 7단과 우칭위안 6단이 어느 심령술사를 찾아가 바둑에서 이기는 마음가짐을 물으니, 상대가 생각하는 동안은 무심하게 있으라고 대답했다는 이야기도 있다. 혼인보 명인의 은퇴기에 입회한 오노다 6단은 몇 년 후 죽기 직전에, 일본기원의 승단 대회에서 전승했을 뿐만 아니라 놀라우리만큼 홀륭한 바둑을 두었다. 대국 때의 태도도 달랐다. 상대가 바둑을 두는 동안은 조용히 눈을 감고 있었다. 이기고자 하는 욕심에서 벗어났다고 말했다 한다. 승단 대회를 마치고 나서 병원에 들어갔고, 자신은 위암인 줄 모른 채 죽었다. 오타케 7단의 소년 시절 스승인 구보마쓰 6단도 죽기 전 승단 대회에서 뜻밖의 성적을 거두었다.

명인과 오타케 7단은 대국의 긴장감에서도 정(靜)과 동(動), 무신경과 신경, 이처럼 겉으로는 정반대로 나타났다. 명인은 바둑에 몰입하면 화장실에조차 가지 않는다. 바둑의 형세는 대국자의 모습이나 안색을 보면 대체로 짐작이 가는 법인데, 명인의 경우만은 그걸 알 수 없다고들 말했다. 그러나 7단의 바둑이 그렇게 신경질적인 건 아니고, 오히려 박력 있고 선이 강한 기풍(棋風)이었다. 장고하는 편인지라 언제나 제한 시간이 부족하지만, 이윽고 시간에 쫓기게 되면 기록 담당에게 초(秒)를 읽게 하면서 남은 1분으로 100수, 150수까지도 견디는 일이 있어, 그럴 때의 어마어마한 기세는 되레 상대를 위협하기 충분했다.

7단이 자리에 앉기 바쁘게 다시 일어서는 것도 싸움을 위한 몸풀기 같은 것으로, 명인의 숨결이 거칠어진 것과 마찬가지이리라. 하지만 나는 명인의 좁고 동그스름한 어깨가 물결치는 데에 감동받았다. 괴로워하지 않고 험상궂지도 않으며 명인 자신조차 알지 못하고 타인은 절대 알아챌 리 없는, 영감이 찾아오는 비밀을, 나는 훔쳐본 듯 느꼈다.

그런데 나중에 미루어 생각해 보니, 그건 나만의 의기양양

한 느낌에 지나지 않았던 듯하다. 명인은 그저 가슴이 답답해진 것뿐이었는지도 모른다. 대국하는 날이 거듭됨에 따라 명인의 심장병은 악화되었는데, 이때 처음으로 가벼운 발작이 일어났는지도 모른다. 명인의 심장이 안 좋은 줄 모르는 내가 그런 인상을 받는 것은 존경심의 한 가지 표출일지라도 무분별한 일이었다. 하지만 이때는 명인도 자신의 병을 아직 알아채지 못했는지도 모른다. 자신의 숨결조차 알아채지 못했는지도 모른다. 고통이나 불안은 안색에 나타나지 않았고, 가슴에 손을 대 보는 일도 없었다.

오타케 7단의 흑 5가 20분, 백 6의 수에 명인은 41분을 썼다. 이번 대국에서의 첫 장고였다. 오늘은 오후 4시에 차례가 된 사람이 봉하는 약속이라, 흑 11을 7단이 4시 2분 전에 두었으므로 명인이 다음 수를 2분 안에 두지 않는 이상, 봉수가 되는 셈이었다. 백 12를 명인은 4시 22분에 봉했다.

아침부터 쾌청했던 하늘이 어둑해졌다. 간토 지방에서 간사이 지방으로 수해를 몰고 온 큰비의 전조였다.

11

고요관에서의 이틀째 대국은 오전 10시부터 재개될 예정이었으나, 일찌감치 말썽이 일어 오후 2시까지 미루어졌다. 관전 기자인 나는 방관자이므로 직접 관여하지 않았으나, 관계자들의 당황스러운 기색이 눈에 띄고 일본기원의 기사들이 한달

음에 달려와, 별실에서 회의를 열기도 하는 모양이었다.

오늘 아침 내가 고요관 현관으로 들어가니, 오타케 7단도 막 도착한 참에 큼직한 트렁크를 갖고 있었다.

"오타케 씨의 짐……?" 하고 내가 말하자,

"그렇습니다. 오늘 여기서 하코네로 가서 틀어박히는 거지요." 7단은 대국 전의 퉁명스러운 어조로 대답했다.

오늘은 집으로 돌아가지 않고 대국자들이 함께 고요관에서 하코네의 여관으로 간다는 건 나도 이미 들은 이야기지만, 7단의 큼직한 짐이 이상스레 보였던 것이다.

그러나 상대인 명인은 하코네로 갈 준비를 해 오지 않았다.

"그런 이야기였었나? 그렇다면 난 이발소에나 가야겠구먼." 이런 식이었다.

이 바둑이 끝날 때까지 얼추 석 달 남짓 집에 돌아가지 못한다는 각오로 단단히 마음먹고 나선 오타케 7단은 맥이 빠질 뿐만 아니라, 약속에도 어긋나는 일이다. 그 약속이 명인에게 제대로 전달이 되었는지 안 되었는지 어정쩡한 것이, 한층 7단의 마음에 거슬렸으리라. 또한 이 대국에 엄중한 규약을 만들었음에도 그 첫걸음부터 어긋나게 된 셈이니까, 7단은 뒷일이 불안해졌으리라. 명인에게 다짐을 받아 놓지 않은 것은, 분명히 관계자의 실수였다. 하지만 특별한 지위의 명인에게 고충을 말할 수 있는 사람은 없으므로, 젊은 7단을 납득시켜 이 상황을 수습하려는 구석이 보였는지도 모른다. 7단은 꽤나 강경했다.

명인은 오늘 하코네로 가는 줄 몰랐다고만 말하고는, 별실에 사람들이 모이거나 복도에 어수선한 발소리가 오가고 상대인 오타케 7단이 오래도록 모습을 나타내지 않는 동안, 원래 자리에서 홀로 가만히 기다리고 있을 뿐이었다. 점심 식사가 조금 늦어질 즈음, 겨우 해결이 되어 오늘은 2시부터 4시까지 대국을 하고 이틀 후에 하코네로 가는 걸로 결정되자,

"2시간으론 얼마 두지도 못해. 하코네에 가서 천천히 두면 되잖아." 하고 명인이 말했다.

그야 맞는 말이지만 그럴 수는 없었다. 명인의 이런 자세가, 오늘 같은 일도 벌어지게 한 것이다. 기사의 기분으로 대국 날짜를 바꾸는 식의 방자함은 허용되지 않았다. 지금은 바둑도 오로지 규정에 따라 겨룬다. 명인의 은퇴기에 어마어마한 규약이 마련된 것도, 명인이 구태의연하게 제멋대로 하려는 걸 미리 봉쇄하고 명인이라는 특권을 인정하지 않음으로써, 어디까지나 대등한 조건에서 대결하기 위해서였다.

흔히 말하는 '통조림 제도'가 채택되고 있었으므로 이를 철저히 하려면, 오늘은 기사를 집으로 돌려보내지 않고 고요관에서 하코네로 가야 마땅했다. 통조림이란 바둑 한 판이 끝날 때까지 기사가 대국 장소를 벗어날 수도, 다른 기사를 만날 수도 없게 하여 조언을 방지하는 것이기 때문에, 승부의 신성함을 지킨다고는 하나 인격의 존중을 잃었다고도 할 수 있다. 그러나 이렇게 하는 편이 기사에겐 서로 깔끔하다고 생각할 수도 있다. 하물며 이 바둑처럼 닷새 건너 대국이 이어져 석 달이나 지속될 경우에는, 기사 본인이 바라고 바라지 않고 간에 제삼자의 지혜가 개입될 염려가 있어, 의심하기 시작하

면 끝이 없었다. 물론 기사들 사이에는 기예의 양심이나 예절도 있는 터라, 현재 대국이 진행 중인 바둑에 대해 더구나 대국 당사자를 향해 이러니저러니 조심성 없는 말들이 나돌 리는 없겠으나, 이 역시 한번 무너지기 시작하면 끝이 없었다.

명인의 만년, 십여 년 동안 명인이 겨룬 승부 바둑은 세 판밖에 없다. 세 번 모두 명인은 대국 도중에 병이 났다. 첫 번째 대국 후에는 환자가 되었고, 세 번째 대국 후에는 죽음을 맞았다. 세 판 모두 바둑을 끝까지 두기는 했지만, 도중에 휴양하느라 첫째 판은 두 달, 둘째 판은 넉 달, 셋째 판인 은퇴기는 일곱 달 동안 이어졌다.

두 번째 대국은 은퇴기로부터 오 년 전인 1930년 우칭위안 5단과 두었는데, 중반 150수 즈음에서 미세하나마 백이 좋지 않은 듯 보인 시점에, 명인은 백 160의 묘수를 두어 두 집으로 이겼다. 그런데 하늘에서 내려온 것 같은 이 묘수는 명인의 제자인 마에다 6단이 발견한 것이라는 소문이 돌았다. 진위는 알지 못한다. 그 제자는 부정하고 있다. 넉 달이나 걸렸으니, 그사이 명인의 제자들도 그 바둑을 연구해 본 적은 있으리라. 그리고 160의 수를 발견했는지도 모른다. 묘수인 만큼, 명인에게 말하지 않는다곤 할 수 없다. 그러나 명인도 스스로 그 수를 발견했을지도 모른다. 명인과 그 제자가 아니고선, 알 수 없는 일이다.

또한 첫 번째 대국은 1926년 일본기원과 기세이샤〔棋正社〕의 대항전으로, 양측의 총수인 명인과 가리가네 7단이 선두에서 겨루었기 때문에 두 달 동안 일본기원 측에서건 기세이샤 측에서건 기사들이 이 바둑을 면밀히 연구했을 게 틀림없지만, 자기편 대장에게 조언을 했는지 어쨌는지, 나는 알지 못한다. 아마도 조언은 없었으리라 생각한다. 그러한 일을 명인은 스스로 요구하지 않는 사람일 뿐만 아니라, 옆에서 뭐라 말을 꺼내기가 힘든 사람이었다. 명인이 지닌 기예의 위엄은 사람들을 침묵시키는 듯했다.

그러나 세 번째 대국인 은퇴기에서조차 명인이 병이 나서 중단되자, 명인에게 무슨 계략이 있는 게 아닌가라는 소문도 없지 않았다. 대국의 시작과 끝을 지켜봐 온 나는, 그런 이야기를 듣고 어이가 없었다.

석 달간의 휴식 후, 이토에서 대국이 재개된 첫째 날 그 첫수에 오타케 7단이 211분, 3시간 반의 장고를 한 데에는 관계자들도 참으로 깜짝 놀랐다. 오전 10시 반부터 심사숙고하기 시작해 그사이 1시간 남짓 점심 휴식 시간을 갖고, 가을 해가 기울어 바둑판 위에 전등이 켜졌다. 3시 20분 전에 마침내 흑 101을 두고는,

"이렇게 뛰는 건, 단 1분 만에 둘 수도 있는걸, 멍청해. 아아! 어질어질하다." 7단은 희미하게 웃으며,

"이렇게 뛸까, 길까, 어느 쪽으로 할까, 3시간 반을 생각하다니……."

명인은 쓴웃음을 지을 뿐, 대답하지 않았다.

참으로 7단이 말한 그대로, 흑 101의 수는 우리가 보기에도 너무 빤한 자리였다. 바둑은 이미 끝내기에 들어가 우하의 백 모양을 흑에서 잠식해 가는 수순으로, 흑 101은 이곳 말고

는 달리 없어 보이는 호점이었다. 이 '18의 十三'으로 한 칸 뛴 101 외에 '18의 十二'로 기는 수가 있어, 잠시 머뭇거린다 해도 그 변화는 대수로울 게 못 된다.

이러한데 오타케 7단은 어째서 빨리 두지 않나? 관전하는 나도 기다림에 지치면서도 기이하다고 여겨, 결국은 의혹이 생겼다. 일부러 두지 않는 건 아닐까. 무슨 심술을 부리는가, 연극이 아닐까. 이런 의심에는 이유가 있었다. 말하자면 이 바둑은 대국이 중단된 채 석 달을 쉬었다. 그동안에 오타케 7단은 직접 충분히 연구해 보지 않았을까. 100수까지를 봐서는 미세한 바둑이 될 듯하다. 끝내기가 광범위하다는 짐작은 할 수 있어도, 마지막까지의 전망은 나오기 힘들겠지. 이리저리 나열해 봐도 확실하지 않고 연구는 끝이 없을지도 모른다. 그렇다 하더라도 이토록 중대한 바둑을, 7단이 휴식하는 동안 검토해 보지 않았을 리는 없겠지. 흑 101의 수는 석 달 심사숙고할 쯤이 있었던 셈이다. 그런데도 새삼스러운 듯 3시간 반을 생각하는 것은, 쉬는 동안 연구해 둔 걸 위장하려는 게 아닌가. 나뿐만 아니라 관계자들도 7단의 지루한 장고를 의아해하고 언짢은 생각을 품었다. 명인마저도 7단이 자리에서 일어난 틈에,

"어지간히 끈기가 있군." 하고 중얼거렸다. 지도기(指導棋)라면 몰라도 승부 바둑을 두는 도중에, 명인이 상대방에 대해 말하는 일은 지금껏 없었다.

하지만 명인이나 오타케 7단과 두루 가까운 야스나가 4단은,
"이 바둑은 명인도 오타케도 휴전 중에 전혀 연구하지 않

은 모양이더군. 오타케도 묘하게 결벽한 남자니까, 명인이 병이 났는데 자기만 연구하는 게 내키지 않았겠지."라고 했다. 필시 그러했으리라. 오타케 7단은 3시간 반 동안 흑 101의 수를 생각했을 뿐만 아니라, 석 달이나 멀어져 있었던 바둑에 마음을 되돌리는 데에 힘쓰며, 대국의 전체 형세와 앞으로의 수단을 가능한 한 읽으려 했으리라.

12

봉수라는 것도, 명인은 처음 경험하는 규칙이었다. 이틀째 연이은 대국에, 고요관의 금고에서 봉투를 꺼내 일본기원의 간사가 입회한 가운데 대국자에게 봉인을 확인시키고, 어제 봉수를 적어 넣은 기사가 상대에게 기보를 보여 주고 그 수를 바둑판 위에 두었다. 똑같은 예법이 하코네와 이토의 여관에서도 되풀이되었다. 즉 대국이 중단되기 전, 마지막 수를 상대에게 숨기는 것이 봉수다.

한 번에 끝나지 않는 바둑은 흑의 수로 중단되는 것이 오래전부터의 관습이었다. 상수(上手)에 대한 예의다. 하지만 이래서는 상수가 유리하므로 근래는 그 불공평을 막기 위해, 이를테면 저녁 다섯 시까지 두는 약속이라면 다섯 시에 차례가 된 사람의 수로 중단하는 것으로 개정되었다. 여기서 한 걸음 더 나아가, 대국이 중단될 때의 마지막 수를 봉하는 것을 생각해 냈다. 장기 쪽에서 먼저 봉수를 사용하고 있던 것을, 바둑에서도 배운 셈이다. 상대의 수를 봐 두고 자신의 다음 수를 다시 바둑이 재개되는 날까지 천천히 연구하며, 게다가 그날 하루 이상 며칠은 시간제한에 들지 않는다는 불합리를 가능한 한 줄이려 고심한 끝에 나온 규칙이었다.

모든 게 좀스러운 규칙투성이에다 예도의 아취도 쇠하고 윗사람에 대한 공경도 사라져 서로의 인격도 존중하지 않는 듯한 지금의 합리주의로 인해, 명인은 생애 마지막 바둑에서 괴로웠으리라고 말할 수도 있다. 바둑이라는 도(道)에서도 일본 혹은 동양의 오랜 미풍은 손상되어, 온통 계산과 규칙뿐이다. 기사의 생활을 좌우하는 승단(昇段)도, 아주 세세하게 공들인 점수제인 데다 이기기만 하면 된다는 전법이 우선이다 보니, 기예로서 바둑이 지닌 품위나 맛을 생각하는 여유마저 점점 없어진다. 상대가 명인일지라도 어디까지나 공평한 조건에서 싸우고자 하는 것이 요즘 세상이라, 오타케 7단 한 사람만의 탓은 아니었다. 바둑 역시 경기이고 승부이니, 당연한 일이리라.

혼인보 슈사이 명인은 삼십여 년간, 흑을 쥔 적이 없었다. '이인자'가 없는 '일인자'였다. 명인이 살아 있는 동안은 후진 가운데 8단도 없었다. 동시대의 상대를 완전히 눌렀고, 다음 시대에는 그 지위에 견줄 자가 없었다. 명인의 사후 십 년이 되는 지금, 바둑에서 여전히 명인의 지위를 계승할 방도가 마련되지 않는 것도, 슈사이 명인의 존재가 그만큼 컸다는 게 한 가지 이유이리라. 도(道)로서 바둑의 전통이 존중한 '명인'은 아마도 이 명인이 마지막일 것이다.

장기의 명인 쟁탈전에서 볼 수 있듯이 패권의 의미가 주요해져, 명인 지위는 우승기나 다름없는 명칭이 되고 경기를 흥행시키는 측의 상품이 되겠지. 사실 명인도 이 은퇴기를 전대미문의 대국료를 받고 신문사에 팔았다고 말할 수 있을지도 모르고, 명인이 기꺼이 나섰다기보다 신문사의 부추김을 받은 측면이 더 컸을지도 모른다. 또한, 한번 명인의 지위에 오르면 죽을 때까지 명인이라는 일대제(一代制)나 단급 제도 같은 것도, 일본의 여러 예도의 법이나 종가(宗家) 면허와 마찬가지로 봉건 시대의 유물인지도 모른다. 지금의 장기 명인전처럼 해마다 명인 쟁탈전 바둑을 두어야 했다면, 슈사이 명인은 일찌감치 죽었을지도 모른다.

　예전엔 명인이 되면 명인의 권위가 손상될까 우려해, 지도기는 두어도 시합은 피했던 모양이다. 예순다섯의 노령으로 승부 바둑을 두는 명인을 예전에는 볼 수 없었으리라. 하지만 앞으로 바둑을 두지 않는 명인은 그 존재가 허용되지 않을 것이다. 여러 가지 의미에서 슈사이 명인은 신시대와 구시대의 경계에 서 있는 사람인 듯하다. 구시대의 명인으로서 정신적 숭배를 받는 동시에, 신시대의 명인으로서 물질적 이로움도 얻었다. 그리고 우상을 숭배하는 마음과 파괴하는 마음이 교차하는 날에, 오래된 우상의 흔적으로 일어서, 명인은 최후의 바둑에 임한 것이었다.

　또한 명인은 메이지 시대의 발흥기에 태어난 행운도 누렸다. 이를테면 지금의 우칭위안은 슈사이 명인이 겪은 수업 시절 같은 세속적 고난이 없고, 만약 바둑의 천재가 명인을 뛰어넘었다 하더라도 그 개인이 역사 전체를 드러내는 일은 더 이상 없으리라. 명인은 메이지, 다이쇼 그리고 쇼와, 세 시대에 걸쳐 빛나는 전력과 오늘날 바둑의 융성을 닦은 공적으로써 바둑 그 자체의 상징으로 서 있는 것이다. 그 나이든 명인이 이번 바둑으로 마지막을 장식하는 것이니, 마음껏 멋들어진 작품을 둘 수 있게 하자는 후진들의 배려나 무사도의 마음가짐, 예도의 기품이 있어도 좋았겠으나 명인을 평등한 규칙의 바깥에 둘 수는 없었다.

법을 만들면 법을 빠져나가는 잔머리를 굴린다. 간교한 전법을 봉쇄하기 위해 규칙을 만들면, 그 규칙을 교활하게 이용할 전법을 생각해 내는 젊은 기사도 없지 않다. 제한 시간, 대국의 일시 중단, 봉수 같은 것도 이리저리 궁리해 무기로 사용된다. 이 때문에 작품으로서의 한 판 바둑이 불순해진다. 명인은 바둑판 앞에 앉으면 '옛사람'이었다. 요즘 세상의 자잘한 술책은 알지 못했다. 대개 적당한 시기를 가늠하여 자신의 형편이 괜찮다 싶은 때에 '오늘은 여기까지' 하고는, 하수에게 두게 했다. 그러고는 대국을 중단시키고, 다음 대국을 재개하는 날짜도 자신이 결정하는 식으로 상수가 누리는 엄청난 독단을 당연한 관례로 삼아, 명인은 지금껏 오래도록 대국해 왔다. 시간의 제한도 없었다. 그리고 명인에게 허용된 엄청난 독단도 명인을 단련시켰다는 사실은 오늘날의 자잘한 규칙투성이에 비할 바가 못 되리라.

한데 명인은 평등한 규칙보다도 오래된 특권에 익숙해졌고 이를테면 우칭위안 5단과의 대국만 하더라도 명인의 병환 때문에 순조로이 진행되지 않아 께름칙한 소문조차 나돌았을 정도이니, 이번 은퇴기에서는 후진 기사들이 엄중한 대국 조건으로 명인의 독단을 막으려 한 것 같았다. 이 바둑의 대국 조건은 오타케 7단이 명인과 결정한 게 아니다. 명인의 상대자를 선정하기 위해 일본기원의 고단자들이 리그전을 실시하기 전에 이미 마련되어 있었다. 오타케 7단은 고단자 대표로서, 명인에게도 서약을 지키게 하려 애썼다.

나중에 명인의 병환으로 인해 이런저런 분규가 발생하고 오타케 7단이 이 바둑을 포기하겠다며 빈번히 고집부리는 태도에는, 후진으로서 연로한 명인에 대한 예절을 차리지 못했고 환자에 대한 인정미 결여, 이치만 내세워 도리에 어긋나는 구석이 있어 관계자들을 몹시 쩔쩔매게도 했지만, 정당한 이유는 늘 7단에게 있었다. 또한 한 걸음을 양보하는 건 백 걸음을 양보하게 될 우려가 있었고, 한 걸음 양보라는 느슨해진 마음이 패배의 원인이 되지 않는다고도 할 수 없다. 필사적인 승부에 걸맞지 않은 일이다. 이 바둑을 어떡하든지 이겨야만 하는 입장이고, 그 각오를 굳힌 7단으로서는 상대의 말을 고분고분 따를 수 없었다. 또한 상대가 명인인지라 역시나 제멋대로의 독단을 부린다며, 7단은 한층 더 완고하게 규약을 관철시키려 한 부분도 어쩌면 있었던 게 아닌가, 하는 생각마저 나는 들었다.

물론 이런 대국 조건은 바둑판 위의 바둑과는 별개다. 바둑을 두는 시간이나 장소 등, 상대의 사정을 헤아리고 요구에 따르되, 바둑판 위에선 인정사정없이 싸울 수도 있으리라. 그런 기사도 있다. 이런 의미에서, 명인은 버거운 상대에게 붙잡혔는지도 몰랐다.

13

승부의 세계에서는 영웅을 언제나 실력 이상으로 치켜세우는 것이 관객의 기호인 듯하다. 훌륭한 맞수끼리 대결하는 것도 인기를 얻지만, 오히려 절대적인 한 사람만을 원하는 게 아닐까. '불패의 명인'의 거대한 모습은 기사들 위에 우뚝 솟아 있었다. 명인에게도 일생의 운명을 건 싸움은 여러 번 있었으나, 정말로 중요한 바둑 시합에서 진 적은 없었다. 명인이 되기까지의 싸움은 기세였다고 해도, 명인이 된 후 특히 만년의 싸움에 이르기까지, 세상 사람들이 불패를 당연한 걸로 믿고 자신도 굳게 믿으며 대국에 임해야만 했다는 점은 오히려 비극이다. 장기를 두는 세키네 명인의 경우, 싸움에 지고서도 마음이 편안했던 것과 비교해 봐도, 슈사이 명인은 괴로운 사람이었으리라. 바둑에서는 열에 일곱은 먼저 두는 사람이 반드시 이긴다 하니, 명인이 백을 쥐고 7단에게 져도 당연하건만, 아마추어는 그런 걸 알지 못한다.

대형 신문사의 힘에 흔들리고 대국료에 유혹당했을 뿐만 아니라 명인은 예도를 위해 자신이 나서야 할 의의를 중하게 생각했을 테지만, 그래도 마음속에 불타오른 것은 바둑을 둘 수 있다는 투지였음에 틀림없다. 질 거라는 의심이 일었다면,

아마도 나설 명인이 아니었다. 그리고 마침내 불패의 관(冠)이 떨어짐과 더불어 명인의 생명도 사라져 버린 셈이다. 명인은 자신의 기이한 천명에 따라 삶을 살았으며, 그 천명에 따르는 것이 천명을 거스르는 일이 되었다고도 말할 수 있을까.

바로 그 '절대적인 한 사람'인 '불패의 명인'이 오 년 만에 등장하는 까닭에, 요즘 시대와 동떨어진 대국 조건도 인정받은 것이다. 뒤늦게 생각건대, 이렇듯 야단스러운 대국 조건도 몽환 아니면 죽음의 신이 아니었나 싶다.

더구나 이 조건에 대한 약속은 고요관에서 이틀 만에 명인에 의해 깨지고, 하코네에 도착하자마자 다시 깨지고 말았다.

고요관에서 사흘째 되는 6월 30일에 하코네로 가려던 것이 큰비로 물난리가 난 탓에, 7월 3일로 연기되고 또 8일로 연기되었다. 간토 지방은 물에 잠기고 고베도 휩쓸렸다. 8일에도 아직 도카이도(東海道)의 복구는 끝나지 않았다. 가마쿠라에 있던 나는 오후나역에서 명인 일행이 탄 기차로 갈아타기로 했는데, 3시 15분 도쿄를 출발하는 마이바라행은 9분 늦게 왔다.

이 기차는 오타케 7단이 있는 히라쓰카에는 서지 않으므로 오다와라역에서 기다리고 있자니, 얼마 안 지나 7단이 파나마모자의 차양을 내리고 감색 여름 옷차림으로 나타났다. 산에 틀어박힐 준비로 고요관에도 가져왔던 그 커다란 트렁크다. 얼굴을 보자 먼저 물난리 이야기를 꺼내며,

"저희 집 근처 뇌병원은 지금도 보트로 다니고 있어요. 처음엔 뗏목이었고요." 7단이 말했다.

미야노시타에서 도가시마로 내려가는 케이블카를 타고 바로 아래 하야카와를 보니, 탁류가 미친 듯 날뛰었다. 다이세이 관은 그 강 가운데 섬처럼 서 있었다. 방으로 안내되자 7단은 깍듯이 예를 갖추어, "선생님, 피곤하시지요. 잘 부탁드립니다." 하고 인사를 했다.

그리고 그날 밤은 명인도 적당한 저녁 반주에 거나한 기분으로 몸짓 손짓을 섞어 즐거운 이야기를 나누었고, 오타케 7단도 소년 시절의 추억과 가족 이야기를 꺼냈다. 그런데 명인은 내게 장기를 두자고 제안했다가 내가 꽁무니 빼는 걸 보고는,

"그럼 오타케 씨."

이 장기는 3시간 남짓 걸려 7단이 이겼다.

다음 날 아침, 명인은 목욕탕 옆 복도에서 면도를 받는 중이었다. 내일의 싸움을 앞두고 몸가짐을 단정히 하는 걸까. 의자에는 머리를 기댈 받침대가 없는 탓에, 부인이 뒤쪽에 다가서서 명인의 목덜미를 떠받치고 있었다.

그날 저녁 무렵, 입회자인 오노다 6단과 야와타 간사도 다이세이관에 도착해, 명인이 제안하는 장기나 '두 점 따기'로 시끌벅적했다. 명인은 '두 점 따기', 일명 '조선 오목'을 오노다 6단에게 내처 지고는,

"오노다 씨는 엄청 세군." 하고 혀를 내둘렀다.

니치니치 신문의 바둑 담당 기자 고이와 나의 바둑은 오노다 6단이 기보를 기록해 주었다. 6단이 기록을 맡는다는 건 명인의 대국에도 없는 호사다. 나는 흑으로 다섯 집을 이겼

고, 이 바둑은 일본기원의 잡지 《기도(棋道)》에 실렸다.

하코네에 온 피로를 하루 쉬면서 푼 다음, 7월 10일은 드디어 대국 재개를 약속한 날이다. 대국 날 아침에 오타케 7단은 몸 매무새부터 달라진다. 입을 꾹 다물고 평소보다 조금 치솟은 어깨를 흔들며 의기양양 복도를 걷는다. 눈두덩이 봉긋한 가느다란 외까풀 눈이 대담한 빛을 내뿜는다.

그런데 명인으로부터 불평이 흘러나왔다. 이틀 밤 내내 계곡물 소리에 잠을 제대로 못 잤다는 것이다. 계곡물 소리를 피해 가능한 한 멀찍이 떨어진 별채로 바둑판을 옮겨 사진만이라도 찍고 싶다는 요청에 명인은 마지못해 자리에 앉았으나, 이 여관을 대국 장소로 하는 데에도 불만을 나타냈다.

기껏 수면 부족이, 대국을 재개하기로 약속한 날짜를 늦출 이유는 될 수 없었다. 부모의 임종을 지키지 못하더라도, 바둑판 위에 쓰러질 질병을 앓더라도, 대국 날짜를 지키는 게 기사의 도리다. 지금도 그런 예는 드물지 않다. 하물며 대국 당일 아침에 불평을 늘어놓는 것은 아무리 명인이라 할지라도, 그래서는 안 될 독단적인 태도였다. 그만큼 중대한 바둑이기 때문일 테지만, 7단에게도 한결 중대한 바둑이었다.

고요관에서도, 다시 이곳에서도 대국이 재개될 때마다 막상 그 시점에 이르러 약속이 어긋날 지경이니, 심판관의 권위로써 명인에게 명령하고 판가름할 수 있는 관계자가 없는 까닭에 7단은 앞으로의 형편도 불안했으리라. 하지만 오타케 7단은 깨끗이 명인을 따랐다. 언짢은 기색을 얼굴에 드러내지도 않았다.

"이 여관을 선택한 것은 접니다. 선생님께서 잠을 잘 못 주무신 건 정말 죄송합니다." 하고 7단은 말했다.

"조용한 숙소로 옮겨 선생님께서 하룻밤 푹 쉬게 해 드리고 나서, 다시 내일 부탁드리기로 하지요."

7단은 이 도가시마의 여관에 전에 머문 적이 있어 바둑을 두기에 좋겠다고 여겨, 이곳을 지정한 모양이다. 그런데 공교롭게도 폭우로 불어난 물에 바위도 떠내려갈 정도로 강물 소리가 요란스러워, 강 한가운데 서 있는 여관에서는 좀처럼 잠들기 어렵다. 7단은 책임을 느끼고 명인에게 사과한 것이리라.

고이 기자와 함께 조용한 여관을 찾으러 나서는, 유카타[18] 차림을 한 7단의 모습을 나는 지켜보았다.

14

곧바로 그날 정오 전에 나라야 여관으로 숙소를 바꾸었다. 그리고 다음 날 11일, 나라야의 1호 별관에서 열이틀, 열사흘 만에 대국이 재개되었다. 이날부터 명인은 바둑에 몰입해 두 번 다시 고집을 내세우지 않았고, 현세의 육신을 남에게 내맡긴 듯 고분고분했다.

은퇴기의 입회자는 오노다 6단과 이와모토 6단 두 사람이

---

18) 두루마기 모양의 긴 무명 홑옷. 목욕 후 또는 여름철에 평상복으로 입는다.

었는데, 11일 이와모토 6단이 오후 1시에 도쿄에서 도착해 복도의 의자에 앉더니 산을 바라보았다. 달력으로 장마가 끝나는 날, 아침에는 참으로 오랜만에 햇살이 내비쳐 나뭇잎 그림자가 촉촉한 땅 위에 드리워지고 연못의 잉어 빛깔도 화사했는데, 대국이 시작될 즈음부터 다시 날이 찌푸렸다. 하지만 마루의 꽃꽂이 가지가 희미하게 흔들릴 정도의 미풍은 있었다. 정원의 폭포와 하야카와의 여울물 소리 외에, 먼 데서 석공의 끌 소리가 들려올 뿐이다. 정원에 핀 참나리 향기가 스며든다. 알 수 없는 새가 대국실의 쥐 죽은 듯한 고요에, 처마 끝에서 크게 날아올랐다. 이날은 12의 봉수에서 흑 27의 봉수까지, 16수 나아갔다.

중간에 나흘 쉬고 7월 16일, 하코네에서 두 번째 대국이 재개되었다. 지금까지 감색 바탕에 흰 무늬 옷을 입었던 기록계 소녀도, 여름철에 걸맞게 흰색 비단 삼베 기모노로 갈아입었다.

별관이라 해도 같은 정원 안에 있는 별채인데, 본관까지는 백 미터 남짓이다. 그 길을 걸어 점심 식사 하러 가는 명인의 뒷모습이 문득 내 눈에 들어왔다. 1호 별관의 문을 나서면 오르막길, 명인이 구부정하니 허리를 숙이고 혼자 올라간다. 가볍게 뒤로 맞잡은 자그마한 손의 손금은 잘 보이지 않지만 무척이나 촘촘하고 어지럽게 주름이 잡힌 듯하고, 접은 쥘부채를 손에 들었다. 허리를 다소 굽히면서도 상반신은 반듯하니 펴져 있으니, 오히려 허리부터 하반신이 부실해 보인다. 한쪽에 늘어선 얼룩조릿대 아래로 도랑물 소리가 들리는, 널찍한 길이다. 단지 이것뿐인데도 — 그럼에도 명인의 뒷모습에 불쑥 눈시울이 뜨거워졌다. 무언가 깊은 감동이 있었다. 대국 장소를 벗어났을 뿐인데, 무심히 걷는 뒷모습은 현세를 떠난 고요한 비애를 띤다. 메이지 시대를 품은 사람의 여운이 느껴졌다.

"제비, 제비." 명인은 목쉰 소리로 중얼거리고는, 하늘을 올려다보며 멈춰 섰다. '메이지' 천황이 머문 곳임을 알리는 바위 앞이었다. 초석 위로 나뭇가지를 뻗은 배롱나무는 아직 꽃이 없다. 나라야는 예전에 군 본영으로 쓰였다.

오노다 6단이 뒤쫓아 와, 한 걸음 뒤에서 명인을 보살피듯 따라갔다. 방 앞 연못 돌다리로 명인의 부인이 마중을 나왔다. 부인은 오전과 오후, 늘 대국실까지 배웅을 나왔다가 명인이 바둑판 앞에 자리를 잡고 앉을 즈음이면 가만히 사라져 버린다. 그리고 점심시간과 대국이 중단될 때는 어김없이 마중을 나온다.

이때 명인의 뒷모습은 어쩐지 균형이 잡히지 않은 것 같았다. 즉 바둑 삼매경에서 아직 덜 깨어난 탓에, 꼿꼿한 상체는 여전히 대국하는 자세 그대로여서 발치가 위태로웠다. 고매한 정신의 모습이 허공에 떠 있는 듯 보였다. 명인은 거의 방심 상태이면서도, 상체는 바둑판을 마주했을 때부터 흐트러짐이 없다. 그윽한 향 같은 모습이다.

"제비, 제비." 목소리가 꺼칠해져 나오지 않으니, 비로소 명인은 자신의 몸이 정상으로 돌아오지 않았다는 걸 알아챘는지도 모른다. 연로한 명인에게는 이런 일이 자주 있었다. 명인이 내게 그리운 사람이 된 것은, 이때의 모습이 내 마음에 스며든 탓도 있으리라.

15

명인의 몸이 조금 안 좋은 것 같다고 처음 부인이 근심 어린 낯을 보인 것은, 하코네에서 세 번째로 대국이 재개된 7월 21일이었다.

"여기가 답답하다고……." 부인은 말하면서 자신의 가슴을 쓰다듬었다. 그해 봄 무렵부터 이따금 그렇다고 했다.

또한 명인은 식욕도 떨어져, 어제는 아침 식사를 거르고 점심은 얇은 토스트 한 조각에 우유 한 잔이었다고 한다.

명인의 툭 튀어나온 턱뼈 위로 홀쭉하니 야윈 볼살이, 이날 실룩실룩 움직이는 것도 나는 보았다. 하지만 더위 때문에 피로해진 거라고 생각했다.

그해는 장마가 지난 뒤에도 추적추적 줄곧 비가 내려 여름도 늦어졌는데, 입하가 되기도 전인 7월 20일쯤부터 갑자기 더워졌다. 21일도 엷은 안개가 묵직하니 묘조가타케[明星 岳]19)를 휘감고, 마루 끝 참나리에 검정제비나비가 날아드는 것도 무더웠다. 줄기 하나에 열대여섯 송이나 꽃을 피운 나리였다. 정원에 까마귀가 떼 지어 울어 대는 것도 더웠다. 기록

---

19) 하코네에 있는 산 이름.

계 소녀도 부채를 들었다. 이 바둑이 처음 맞는 더위다.

"덥군요." 오타케 7단은 수건으로 이마를 닦았다. 그 수건으로 머리카락을 문질러 땀을 훔쳤다.

"바둑도 덥군요. 산을 올랐다네, 하코네산……. 하코네산은 천하의 험산."

7단은 흑 59 한 수에, 점심시간을 사이에 두고 3시간 35분을 썼다.

그런데 명인은 오른손을 가볍게 뒤로 짚고서 사방침에 얹은 왼손으로 무심히 부채질하면서, 이따금 정원으로 눈길을 주었다. 아주 편안하고 시원해 보였다. 젊은 7단의 몸이 눈앞에서 용쓰는 모습은 그걸 지켜보는 나까지 열중하게 하지만, 명인의 힘의 중심은 저 멀리 있는 듯 고요했다.

그러나 명인의 얼굴에도 비지땀이 배어 있었다. 느닷없이 두 손을 머리로 가져갔다가 양쪽 뺨을 누르며,

"도쿄는 어지간하겠는걸." 말하더니, 잠시 입을 벌리고 있었다. 어느 때의 더위를 떠올린 듯, 저 먼 곳의 더위를 생각해 보는 듯한 우스꽝스러운 몸짓이었다.

"예. 호수에 간 다음 날쯤부터 갑자기……." 하고 입회한 오노다 6단이 대답했다. 오노다 6단은 도쿄에서 막 돌아온 참이었다. 호수 이야기는 지난번 대국 다음 날인 17일에 명인, 오타케 7단, 오노다 6단이 함께 아시노코 호수에 낚시하러 간 걸 말한다.

오타케 7단이 장고 끝에 흑 59를 두자, 다음 세 수는 필연적으로 그 울림에 응하듯 놓였다. 이로써 상변은 일단락되었

다. 다음 흑의 수는 여러 수단이 있어 어려운 부분이지만, 7단은 하변으로 넘어가 흑 63을 겨우 1분 만에 두었다. 일찌감치 읽어 둔 걸로 보인다. 그러고는 하변의 백 모양에 이 정찰을 남겨 두고 다시 상변으로 되돌아가, 오타케 7단 특유의 예리한 공격을 시도하는 식의 다음 노림수가 가슴에 치밀어 오는 것이리라. 기다리기 힘들다는 듯 기합이 들어간 돌 소리였다.

"조금 시원해졌네요." 그러자 7단은 이내 자리에서 일어났다. 복도에 하카마를 벗어 둔 채 나갔다 와서, 그 하카마의 앞뒤를 거꾸로 입었다.

"하카마가 마카하가 돼 버렸군." 다시 옷을 입고 끈을 솜씨 좋게 열십자로 매면서, 이번엔 소변을 보러 또 화장실에 갔다. 그리고 자리에 돌아와,

"바둑을 둘 때 더운 걸 가장 빨리 알 수 있지요." 하고, 흐려진 안경을 수건으로 힘주어 닦았다.

명인은 경단 빙수를 먹고 있었다. 오후 세 시였다. 명인은 흑 63의 수가 다소 뜻밖인 듯 20분 생각했다.

대국 도중에 7단이 쉴 새 없이 소변을 보러 일어나는 건 시바 고요관에서 처음 바둑을 둘 때 미리 7단이 명인에게 양해를 구했을 정도인데, 지난번 7월 16일에도 너무나 빈번하기에 명인도 어지간히 놀라,

"무슨 병이라도?"

"신장이에요. 신경 쇠약……. 생각하다 보면, 가고 싶어져요."

"차를 안 마시면 돼요."

"안 마시면 되는데, 생각하다 보면 마시고 싶어져요." 이 말

이 채 끝나기도 전에, 7단은 "죄송합니다." 하고 다시 일어났다.

7단의 이 버릇은 바둑 잡지의 가십 기사나 만화의 소재로 쓰이기도 했는데, 대국 중에 그만큼 걷는다면 도카이도의 미시마역에 닿을 거라는 글도 있었다.

16

대국 일시 중단으로 바둑판을 물러나기 전에, 대국자는 그날 둔 수의 숫자를 세어 보거나 소요 시간을 알아본다. 그럴 때도 명인은 무척이나 이해가 서툴렀다.

7월 16일은 4시 3분에 흑 43의 수를 오타케 7단이 봉한 후, 오늘 오전과 오후 통틀어 16수 나갔다는 말을 듣고도,

"16수……? 그렇게나 뒀어?"라며 명인은 의아해 했다.

기록계 소녀가 백 28부터 흑 43 봉수까지 16수라고, 거듭 명인에게 알려 주었다. 상대인 7단도 16수라고 설명했다. 바둑은 아직 초반이고 바둑판 위의 돌은 마흔두 개밖에 안 된다. 한 번 보는 것만으로도 쉬이 알 수 있을 터. 그런데 명인은 두 사람의 이야기를 듣고서도 납득이 가지 않는 듯 그날 둔 돌을 하나하나 손가락으로 천천히 눌러 가며 직접 세어 보았는데, 여전히 충분히 이해가 안 되는 모양이었다.

"놓아 보면 알 수 있겠지."라고 했다.

그리고 상대와 둘이서 그날 둔 돌을 일단 들어내고,

"한 수."

"두 수."

"세 수." 이런 식으로 16수까지 일일이 세어 가면서 다시 두어 보고는,

"16수……? 엄청 두었군." 명인은 얼빠진 듯 중얼거렸다.

"선생님께서 빨리 두시니까……" 7단이 말하자,

"난 빠르지 않아."

명인이 그대로 멍하니 바둑판 앞에 앉은 채로 전혀 일어설 낌새가 없는 탓에, 다른 사람들도 먼저 자리를 뜰 수가 없다. 잠시 후 오노다 6단이,

"저쪽으로 가시지요. 그러면 기분이 좀 바뀔 겁니다."

"장기라도 시작할까." 하고 명인은 잠에서 깨어난 듯 말했다.

명인은 일부러 얼빠진 시늉을 내보인 것도 아니고, 멍청한 척한 것도 아니다.

그날의 겨우 15, 16수쯤은 군이 확인할 것도 없이 국면 전체가 늘 기사의 머릿속에 남아, 식사 중이건 수면 중이건 달라붙어 있을 정도다. 그런데도 이렇듯 손수 늘어놓아 보지 않고선 납득이 안 되는 까닭은 명인의 세심하고 꼼꼼한 성격 때문인지도 몰랐다. 또한 명인의 허술한 일면인지도 몰랐다. 이처럼 연로한 명인의 재미있는 행동에서도, 그리 행복하지 않은 고독한 기질이 느껴지는 것 같았다.

나흘 건너 닷새째 대국이 재개된 7월 21일에는, 백 44부터 흑 65의 봉수까지 22수나 나갔다.

그날 대국이 끝났을 때 역시나 명인은,

"내가 오늘 시간을 얼마나 사용했지?" 하고 기록계 소녀에

게 물었다.

"1시간 29분이에요."

"그렇게나 많이?" 명인은 어리둥절해 했다. 뜻밖인 모양이었다. 명인이 이날 11수에 사용한 시간을 합해도, 상대인 7단이 흑 59 한 수에 쓴 1시간 35분보다 6분 적지만, 명인 자신은 어지간히 빨리 두었다고 생각한 모양이다.

"많이 쓰신 것 같지 않은데요……. 빨리 두신 듯한데……."
하고 7단이 말했다.

명인은 기록계 소녀에게,

"모자(帽子)[20]가?"

"16분이에요." 소녀가 대답했다.

"막다른 길이?"

"20분."

7단이 옆에서 거들며,

"이은 수가, 오래 걸렸습니다."

"백 58이네요." 하고 소녀는 시간 기록표를 보면서 대답했다.

"35분입니다."

명인은 여전히 납득이 안 되는 듯, 소녀에게서 시간표를 받아 들고 직접 들여다보았다.

목욕을 좋아하는 나는 여름이기도 하고 대국을 쉬게 되면 항상 발 빠르게 탕에 들어가는데, 그날은 나와 거의 동시에 오타케 7단이 활달하게 목욕탕에 왔다.

---

20) 상대의 돌에 대하여 중앙으로 한 칸 떨어진 자리로 씌우는 수.

"오늘은 꽤 나갔더군요." 내가 말하자,

"선생님께서 빨리, 좋은 수를 두시니까 '범에 날개 달린' 격이지요. 바둑이 곧 끝나겠어요." 7단은 씨익 웃었다.

몸에 힘이 아직 빠지지 않았다. 대국 직전이나 직후에 대국실 밖에서 기사와 얼굴을 맞닥뜨리는 것은 멋쩍기 마련이다. 이때 7단의 기세는 뭔가 굳게 결심한 바가 있는 사람처럼 보였다. 가차 없는 공격의 해법이 머리에 박혀 있는 건지도 몰랐다.

"명인은 빠르네요." 입회인인 오노다 6단도 놀라워했다.

"이런 속도라면 우리가 기원의 승단 대회에서 11시간으로 두는, 그 시간으로 충분히 둘 수 있겠군요. 어려운 곳입니다만. 백이 둔 모자 같은 건, 빨리 두기 어려운 수인데……."

두 사람이 소비한 시간을 보면 네 번째 대국이 재개된 7월 16일까지의 합계가 백 4시간 38분에 대해 흑 6시간 52분, 그리고 다섯 번째 대국인 7월 21일에는 백 5시간 57분에 대해 흑 10시간 28분, 이날 하루 새 차이가 크게 벌어졌다.

그후 여섯 번째 대국인 7월 31일에는 백 8시간 32분에 대해 흑 12시간 43분, 일곱 번째 대국인 8월 5일에는 백 10시간 31분에 대해 흑 15시간 45분이 되었다.

그러나 열 번째 8월 14일에는 백 14시간 58분에 대해 흑 17시간 47분으로 차이가 좁혀졌다. 이날 명인은 백 100의 수를 봉하고, 성 누가 병원에 입원했다. 게다가 8월 5일 대국에서 백 90 한 수에, 명인은 병고를 참아 가며 2시간 7분 동안 장고했다.

그리고 12월 4일에 대국이 끝났을 때 전체 소비 시간은 슈사이 명인의 19시간 57분에 대해 오타케 7단이 34시간 19분으로, 자그마치 열네다섯 시간이라는 무서운 차이가 벌어져 있었다.

17

19시간 57분이라면 보통 대국 시간의 두 배가량이지만, 그럼에도 명인은 제한 시간을 20시간이나 남긴 셈이다. 오타케 7단의 34시간 19분도, 40시간에는 6시간 정도 남는다.

이 바둑은 명인의 백 130이 방심한 실착이었고, 이 한 수가 치명상이었다. 만약 명인에게 이 패착이 없이 형세가 불분명하거나 미세한 채로 계속 두었다면, 7단은 한층 힘을 쏟아 40시간을 채울 때까지 끈질기게 버티었을 거라 짐작된다. 백 130 이후로 흑은 승리를 내다보고 있었으리라.

명인도 7단도 끈기 있는 장고 타입이다. 7단의 바둑은 대개 제한 시간이 빠듯해져, 나머지 1분으로 백(百) 수나 두는 기세가 오히려 강점이 된다. 하지만 명인은 시간제라는 속박 아래 수행을 하지 않았으니 그러한 묘기는 부릴 수가 없고, 생애 마지막 승부 바둑을 시간에 쫓기는 염려 없이 두고 싶다는 생각에서 40시간으로 했는지도 모른다.

전부터 명인의 승부 바둑은 제한 시간이 특별히 길었다. 1926년 가리가네 7단과의 대국이 16시간이었다. 가리가네 7단이 시간 초과로 패했다. 그러나 흑에게 시간이 있어도, 명인의 대여섯 집 승리가 확실한 바둑이었다. 시간 초과가 되기 전에 가리가네 7단은 깨끗이 던져야 한다는 말도 들렸다. 우칭위안 5단과의 대국 때는 24시간이었다.

명인의 그런 파격적인 제한 시간과 비교해 봐도, 이 은퇴기의 40시간은 얼추 두 배다. 보통 기사의 제한 시간에 비해, 네 배나 길다. 시간제를 있으나 마나 하게 만드는 시간이다.

터무니없이 긴 40시간이라는 이 조건을 명인 측에서 제안한 것이라면, 명인 스스로 무거운 짐을 짊어진 셈이었다. 요컨대, 명인이 병고를 참아 가며 상대의 장고를 감수해야만 하는 지경에 이른 것이다. 34시간이 넘는 오타케 7단의 소비 시간이, 이를 보여 준다.

닷새마다 대국을 계속하는 것도 명인의 노쇠한 몸을 감안한 조치였으나, 분명히 정반대의 결과를 초래했다. 가령 양쪽이 제한 시간을 최대한 사용해서 총 80시간이라 하면, 1회의 대국이 우선 5시간씩이라 보아 16회의 대국이 이어지는 것이니, 닷새마다 순조로이 진행된다 해도 약 석 달이 걸리는 셈이다. 한 판의 바둑에 석 달이나 전의를 집중하고 긴장을 지속하는 건 바둑의 승부 기세로 보더라도 무리이며, 공연히 기사를 혹독하게 고생시키는 거나 다름없었다. 대국하는 동안은 자나 깨나 바둑판이 늘 머리에서 떠나지 않는 탓에, 나흘이나 되는 휴식 시간은 휴양이라기보다, 되레 피로감을 가중시킨다.

명인의 건강이 나빠진 후로는 이 나흘간의 휴식이 한층 부담스러워졌다. 명인은 물론이고 이 바둑의 관계자들도 하루빨리 대국이 끝났으면 좋겠다고 여기는 까닭은, 명인을 편안하게 할 뿐만 아니라 명인이 언제 어느 때 쓰러질지도 모른다는 불안에 쫓기고 있었기 때문이다.

명인은 하코네에서, 몸이 괴로우니 승패야 어찌 됐건 어서 끝내고 싶다고, 부인에게 털어놓은 적도 있었다.

"그런 말은 지금껏 한 번도 하신 적이 없었는데……"라며 부인은 안타까워했다.

또한 관계자 한 사람에게,

"이 바둑이 진행되는 동안은, 병이 낫지 않아. 이 바둑을 여기서 던져 버리면 편안해질 텐데. 문득 그런 생각이, 이따금 들었지. 하지만 그런 예에 충실하지 못한 일은 할 수도 없으니……" 언젠가 이런 말을 하며 고개를 숙인 적도 있었다 한다.

"물론 그런 걸 진지하게 생각한 건 아니야. 괴로울 때, 언뜻 머릿속을 스쳐 지나갈 뿐이지만……"

가까운 이에게 털어놓은 이야기라 하더라도, 어지간히 생각해서 한 말이리라. 명인은 어떤 경우에도 불평을 늘어놓거나 나약한 소리를 하지 않는 사람이었다. 상대보다 아주 조금 더 참을성이 있었기에 승리한 바둑도, 오십 년이라는 바둑 경력 가운데 적지 않을지도 모른다. 또한 명인은 자신의 비장감이나 고통을 과장되게 내색하지 않는 사람이었다.

18

이토에서 대국이 재개된 지 얼마 안 된 어느 날, 이 바둑이 끝나면 명인이 재차 입원을 하는지 아니면 예년처럼 아타미에서 추위를 피하는지를 내가 여쭤자, 명인은 퍼뜩 마음을 터놓듯,

"글쎄⋯⋯. 실은 그때까지 쓰러지느냐 쓰러지지 않느냐가 문제인데⋯⋯. 여하튼 지금껏 쓰러지지 않고 버틸 수 있었다는 게 스스로도 신기합니다. 딱히 깊은 생각을 하는 것도 아니고, 나는 신앙이라 할 만한 것도 갖고 있지 않고, 바둑 두는 사람으로서의 책임이라 한들 그것만으로는 여기까지 올 수 없습니다. 그럼 정신력인가 하고 생각해 봐도, 뭐랄까⋯⋯." 살짝 고개를 갸우뚱하며 천천히 말했다.

"결국은 내가 무신경한 건지도 모르겠군요. 멍하니⋯⋯. 내게 멍한 구석이 있어, 오히려 다행이 아닌가 싶습니다. 멍하다는 의미는 오사카와 도쿄가 다르지요. 도쿄에서 멍하다는 건 멍청하다는 의미지만, 오사카에서는 이를테면 그림에서 이 부분은 무심히 그린다거나, 바둑에서도 여기는 그냥 무심히 둔다, 뭐 그런 의미가 있잖아요?"

명인이 음미하듯 하는 말을, 나는 음미하며 듣고 있었다.

명인이 이만큼 감회를 털어놓는 건 아주 드물었다. 명인은 얼굴 표정이나 말투에도 감정을 드러내지 않는 편이었다. 관전 기자로서 오랫동안 유심히 명인을 지켜봐 온 나는, 명인의 대수롭지 않은 모습이나 말씀에 문득 감흥을 받곤 했다.

1908년 슈사이가 혼인보를 계승한 이래, 무슨 일이 있을 때마다 명인을 지지하며 명인의 저서 집필에 조수 역할을 맡아 온 히로쓰키 젯켄은 삼십여 년 남짓 시중을 들며 모시는 동안, 잘 부탁한다거나 고생이 많았다는 말을 명인한테서 한 번도 들은 적이 없다고 썼다. 그런 탓에 명인을 차가운 사람이라 오해했다는 것이다. 또한 명인이 뒤에서 조종하는 대로 젯켄이 움직인다고 세간에 이러쿵저러쿵 시끄러울 때도, 명인은 초연히 '난 모른다'로 일관했다 한다. 명인이 돈에 깨끗하지 못하다는 것도 그릇된 소문이며, 그 반증을 제시할 수 있다고 젯켄은 썼다.

은퇴기 대국 중에도, 명인은 그런 인사를 한 번도 하지 않았다. 제대로 된 인사말은 죄다 부인이 대신 했다. 명인이라는 지위를 으스대는 게 아니다. 그러한 사람이었다.

바둑 관계자가 무슨 의논거리를 가져와도 명인은 그저 "흐음." 그러고는 멍하니 아무 말도 하지 않아 어떤 의견인지 알아내기 어렵고, 명인이라는 절대적 지위를 갖춘 분에게 장황하게 물어볼 수도 없는 노릇이라 난처한 경우도 있겠다고 나는 생각했다. 손님 앞에선 부인이 명인의 시중을 들고 중개자 역할을 도맡는 경우가 많았다. 명인이 아무 반응도 없이 멀거니 있으면, 부인이 안절부절못하고 그때그때 상황을 얼버무렸다.

명인의 일면인 둔한 신경이나 직관, 떨어지는 이해력, 명인 스스로 말하는 '멍한 상태'는 틈틈이 취미로 하는 승부 놀이 방식에도 쉬 나타났다. 장기나 오목은 물론이고 명인은 당구나 마작에서도 장고하여, 상대방을 질리게 했다.

하코네의 여관에서 명인과 오타케 7단, 여기에 나도 끼어 몇 번인가 당구를 친 적이 있다. 명인은 70 남짓이었다. 오타케 7단은,

"제가 42, 우칭위안 씨는 14……." 바둑 두는 사람답게 자세히 점수를 말했다. 명인은 한 번 칠 때마다 신중히 생각할 뿐만 아니라, 자세를 갖추고 나서도 큐를 겨누는 횟수가 참으로 많고 공을 들여 오래 걸렸다. 당구에서도 공과 신체의 운동 속도에 따라 리듬이 생기기 마련인데, 명인에게는 운동의 흐름이 없다. 명인이 큐를 겨누는 걸 보노라면 속이 탄다. 하지만 계속 쭉 지켜보고 있는 사이, 나는 명인에게 슬픈 그리움을 느끼게 된다.

마작을 할 때 명인은 종이를 기다랗게 접어, 그 위에 패를 늘어놓았다. 종이를 접거나 패를 늘어놓는 방식이 아주 깔끔하고 공손한 탓에, 나는 명인에게 결벽증이 있나 싶어 여쭈어봤는데,

"이렇게 하얀 종이 위에 늘어놓으면, 환해서 패가 잘 보입니다. 한번 해 보세요."라고 명인이 말했다.

마작 역시 활기 있게 재빨리 두는 가운데 승부의 탄력이 붙는다고 여겨지건만 명인은 심사숙고하여 천천히 두는 터라, 상대는 갑갑하고 짜증스럽다 못해 그만 맥이 빠지고 만다. 하지만 명인은 상대의 기분 따위 아랑곳없이, 오직 홀로 몰입해 깊은 생각에 잠긴다. 마지못해 상대해 주고 있다는 것도, 명인은 전혀 알아채지 못했다.

19

"바둑이나 장기를 두어 상대의 성격을 알 수는 없습니다. 대국을 통해 상대의 성격을 본다는 건, 바둑의 정신을 생각할 때 오히려 그릇된 것입니다."라고 명인은 아마추어의 바둑에 대해 말한 적이 있다. 바둑에 관해 설익은 평을 늘어놓기 일쑤인 사람들을 향한 분개일 수 있겠는데,

"나는 상대에 대해 생각하기보다는, 바둑 그 자체의 삼매경에 몰입합니다."

명인이 죽은 그해 1월 2일, 즉 죽기 보름 전에 명인은 일본 기원의 바둑 개시 기념식에 나와서 연기(連棋)[21]에 참가했다. 그날 기원에 나온 기사가 상대를 찾아 다섯 수씩 두고 돌아가는 방식으로, 이를테면 축하 방문 후 명함을 놓고 가는 것이라 볼 수 있다. 순서를 기다리는 짬이 길어져 또 하나의 대국이 시작되었다. 이 둘째 대국이 20수까지 나아갔을 때 세오 초단이 상대를 찾지 못해 심심해 하는 참에, 명인이 상대를 해 주었다. 21수부터 30수까지 5수씩 두게 되었다. 이 대국에서는 이제 그다음을 이어 둘 기사가 없었다. 명인 차례에서 바둑이 중단된 채 끝나는 셈이다. 그러나 이 마지막 30의 한 수를 명인은 40분 생각했다. 축하하는 자리의 여흥에 불과한 데다 뒤를 이어 둘 사람도 없으니, 그냥 마음 편하게 두면 그만이었다.

---

21) 몇 명이 두 패로 나뉘어 한 판의 바둑을 한 수씩 번갈아 두는 것.

은퇴기 도중 성 누가 병원에 입원한 명인을, 나는 병문안 간 적이 있다. 이 병원 병실의 도구들은 미국 사람의 체격에 맞춰져 있어 큼직했다. 높다란 침대 위에 자그마한 체구의 명인이 오도카니 앉으면, 어쩐지 위태로워 보였다. 얼굴의 부기는 거의 가라앉았고 뺨에도 살짝 살이 올랐으나, 무엇보다도 마음의 짐을 내려놓은 듯 홀가분한 모습에, 대국 진행 중일 때와는 전혀 딴판인 느긋한 노인으로 보였다.

은퇴기를 게재하고 있는 신문사 관계자들도 그 자리에 함께해, 매주 내거는 현상 문제까지도 엄청난 인기를 모으고 있다고 했다. 토요일마다 다음에 두어질 수는 어디일까, 라는 문제로 독자의 해답을 모집하고 있었다. 나도 신문사 관계자의 말을 거들어,

"이번 주 문제는 흑 91의 수입니다."라고 하자,

"91……?" 명인은 퍼뜩 바둑판을 보는 표정이었다. 야단났군! 바둑 이야길 꺼내면 안 되는데. 나는 뒤늦게 깨달았지만,

"백이 한 칸으로 뛰어 붙이고, 흑이 91로 젖힌 곳입니다."

"아아……, 거긴 젖히든가 늘든가 두 가지밖에 없는 곳이니, 맞히는 사람이 많겠군." 말하는 사이, 자연스레 명인의 등허리가 꽂꽂이 펴지면서 정좌를 하고 고개가 반듯해졌다. 대국 때의 자세다. 늠름하고 서늘한 위엄이 갖추어졌다. 허공의 대국을 마주하고, 명인은 한동안 무아의 경지에 있었다.

이때도 새해의 연기 때도, 예에 열중하여 한 수도 소홀히 두지 않는다거나 명인으로서의 책임을 중히 여긴다기보다는 저절로 그렇게 된 것이리라.

명인의 장기 상대로 붙잡히면 젊은 사람들은 비틀비틀 맥을
못 추었다. 내가 본 한두 가지 예를 들자면, 오타케 7단과 하코
네에서 두었던 교오치[22] 한 판은 아침 10시부터 저녁 6시까
지 소요되었다. 또한 이 은퇴기 후에 역시나 도쿄니치니치 신
문이 오타케 7단과 우칭위안 6단의 삼번기(三番棋)를 마련해
명인이 해설을 맡고 내가 두 번째 대국의 관전기를 썼을 때,
후지사와 구라노스케 5단이 바둑을 보러 왔다가 명인의 장기
에 붙잡힌 적이 있다. 오전부터 밤으로 이어지고, 새벽 3시까지
계속 두었다. 바로 그다음 날 아침에도 후지사와 5단의 얼굴
을 마주하기 무섭게, 명인은 곧장 장기판을 꺼냈을 정도였다.

　　하코네에서 7월 11일 은퇴기가 재개된 후, 명인의 시중을
들 겸 나라야 여관에 묵고 있던 도쿄니치니치 신문의 바둑 기
자 스나다는 다음 대국 날인 16일 전날 밤 우리가 모인 자리
에서,

　　"명인에겐 두 손 들었어요. 지난 나흘 내내 아침에 눈 뜨면
명인이 당구를 치자고 부르러 오는 통에 하루 종일 쳤습니다.
밤늦게까지 매일 그렇게 치는 걸로 봐선, 천재커녕 거의 초인
이에요."

　　명인은 대국으로 인해 피곤하다거나 지쳤다는 불평을, 부인
에게도 늘어놓은 적이 없었다 한다. 또한 명인이 얼마나 깊이
몰입했는지 알 수 있는 한 예로, 부인이 자주 하는 이야기가
있다. 나라야에서 나도 들었다.

----

22) 일본 장기에서 상수가 교샤(香車)를 떼고 두는 것.

"아자부의 고가이초에 있을 때 이야기입니다만……. 그리 넓지도 않은 집의 큰방에서 대국도 하고 지도기도 두었는데, 하필이면 바로 그 옆 작은 방이 거실이었어요. 이 거실의 손님 가운데 큰 소리로 웃고 떠드는 이가 있었어요. 언젠가 한번은 마침 남편이 어느 분과 대국하고 있을 때 제 여동생이 갓난 아기를 보이려고 데려왔는데, 원래 아기들이란 줄기차게 울어 대잖아요. 제가 어찌나 당황스러웠는지. 빨리 돌아가 주었으면 싶지만, 오랜만에 일부러 찾아와 준 동생에게 돌아가란 말 도 못 하고 있었지요. 동생이 돌아가고 나서, '엄청 시끄러웠지 요?'라고 미안해 하니까, 남편은 여동생이 온 것도 아기 울음 소리도 까맣게 몰랐다는 낌새였어요."

그리고 부인은 덧붙였다.

"작고한 오기시가 어서 선생님처럼 되고 싶다면서 매일 밤 잠들기 전, 이부자리에서 정좌법(靜坐法)[23]을 연습했지요. 그 무렵 오카다식 정좌법이라는 게 있었어요."

오기시란 오기시 소지 6단으로, 명인이 혼인보 후계자로 생 각하며 '오직 그 한 사람을 신뢰했다'라고 할 만큼 무척 아끼던 제자였으나 1924년 1월 스물일곱의 나이로 요절했다. 만년의 명인은 무슨 일이 있을 때마다 오기시 6단을 떠올리곤 했다.

노자와 다케토모가 4단일 무렵, 명인의 집에서 명인과 대 국했을 때도 이와 비슷한 이야기가 있다. 문간방에서 내제자 소년들이 시끌벅적하게 떠드는 소리가 대국실까지 들려오기

———————

23) 마음을 가라앉히고 조용히 앉아 명상에 잠기는 것.

에, 노자와가 가서 '너희들 나중에 명인한테 혼날 줄 알아!'라고 했다. 하지만 명인은 그 야단법석을 알지 못했다.

20

"점심 휴식 시간에도 식사를 하면서, 이렇게 골똘히 허공을 응시하는 거예요, 아무 말도 없이……. 어지간히 힘든 한 수였던 모양이에요."라고 명인의 부인이 말한 것은, 하코네에서 네 번째 대국이 재개된 7월 26일이었다.

"식사 중이라는 사실을 스스로 깨닫지 못하는 것 같기에, '그래 가지고선 위장이 움직이지 않아요. 식사할 때는 식사에만 마음을 쓰셔야지, 안 그러면 해로워요.'라고 말씀을 드리면 못마땅한 표정이었어요. 그러곤 다시 물끄러미 허공을 응시하는 거예요."

흑 69의 맹렬한 공격은 명인도 예기치 못한 듯, 그 응수에 1시간 44분 동안 고심을 했다. 명인으로서는 이 바둑이 시작된 이후 가장 오랜 장고였다.

그러나 오타케 7단으로선 닷새 전부터 생각해 둔 노림수였으리라. 오늘 아침의 대국에서 7단은 초조해지는 마음을 억누르고 다시 20분쯤 수를 내다보았는데, 그러는 동안에도 몸에는 힘이 넘쳐나 저도 모르게 크게 일렁이며 바둑판 쪽으로 무릎이 내밀어져 있었다. 흑 67에 이어 흑 69를 힘주어 두고 나서,

"비인가? 폭풍우인가?" 말하고는 소리 높여 웃었다.

마침 그때 태풍을 몰고 오는 소나기가 쏟아져 삽시간에 정원의 잔디가 물에 잠기고, 허둥지둥 닫은 유리문을 비바람이 세차게 내리쳤다. 7단은 잘하는 농담을 재치 있게 던졌는데, 아주 흡족한 외침이기도 한 듯하다.

명인은 흑 69를 보고 언뜻 새 그림자를 본 듯한 표정을 지었다. 무심코 얼이 빠져 우스꽝스러워진 표정이었다. 이만큼의 일도 명인에겐 드물었다.

이후에 이토에서 재개된 대국에서 흑의 뜻밖의 한 수, 봉수를 위한 봉수라 의심할 만한 수를 보았을 때, 명인은 냅다 화가 치밀어 이 바둑도 이제 더럽혀졌으니 끝장이라 여겨 그 자리에서 포기해 버릴까 생각했노라고 휴식 시간이 되자마자 우리에게 화를 털어놓은 적이 있었는데, 그때조차 바둑판을 마주한 명인은 낯빛에 드러내지 않았다. 명인에게 일었던 마음의 동요를, 아무도 알아채지 못했을 정도였다.

그리고 보면 흑 69는 번뜩이는 비수였던 모양이다. 곧장 명인은 심사숙고에 들어갔고, 점심시간이 되었다. 명인이 대국 장소에서 물러간 뒤에도 오타케 7단은 바둑판 옆에 선 채,

"어려운 고비로 접어들었습니다, 고갯마루지요."라며 아쉬움이 남는 듯 바둑판을 내려다보고 있었다.

"맹렬하군요." 내가 말하자,

"항상 저만 오래 생각하게 된다니까요……." 하고 7단은 밝게 웃었다.

그런데 점심시간 후, 명인은 자리에 앉기 무섭게 백 70을 두었다. 식사를 위한 휴식 시간, 즉 제한 시간의 계산에 포함

되지 않는 시간에도 명인이 줄곧 생각하고 있었다는 게 노골적으로 드러나는데도, 그렇게 보이지 않으려고 오후의 첫 수를 잠시 생각하는 척하는 기교가 명인에게는 없었다. 그 대신 점심 식사를 하는 내내 허공을 응시하고 있었다.

21

흑 69의 공격을, 사람들은 '귀수(鬼手)'[24]라고 불렀다. 명인도 나중에 오타케 7단 특유의 예리한 노림수라고 강평했다. 잘못 방어를 했다가는 백의 수습이 어려워질 수 있기에, 명인은 백 70의 수에 1시간 46분을 썼다. 그리고 나서 열흘 후인 8월 5일에 백 90은 2시간 7분으로 명인에겐 이번 대국 가운데 가장 오랜 장고였는데, 백 70은 그에 버금가는 장고였다.

그리고 흑 69가 공격의 귀수였다면 백 70은 난국 타개의 묘수였다고, 입회한 오노다 6단도 감탄했다. 명인은 여기서 인내하며 급한 곳을 타개한 것이었다. 명인은 한 걸음 물러나, 위험을 피했다. 쓰라린 명수(名手)였으리라. 흑이 예리한 노림수로 끊어 간 기세를, 백은 이 한 수로 늦추었다. 흑은 힘을 쏟은 만큼의 이득을 취했지만, 백은 상처를 떼어 버리고 홀가분해 보이기도 했다.

"비인가? 폭풍우인가?"라고 오타케 7단이 말한 소나기에,

---

24) 국면을 결정지을 기발한 수.

잠시 하늘이 어둑해져 전등을 켰다. 거울 같은 바둑판 표면에 비친 흰 돌이 명인의 모습과 한데 어우러져, 정원에 몰아치는 무서운 비바람은 도리어 대국실의 고요를 떠올리게 했다.

그 소나기도 빨리 지나갔다. 안개가 산허리를 흘러 강 하류 오다와라 쪽에서 하늘이 개기 시작했다. 골짜기 건너편 산에 햇살이 비치고 참매미가 울고, 복도의 유리문을 열었다. 7단이 흑 73을 둘 즈음에는, 새까만 강아지 네 마리가 잔디밭을 뛰어놀고 있었다. 그리고 다시 하늘이 흐려졌다.

이른 아침에도 한 번 소나기가 지나갔다. 오전 대국 시간에 구메 마사오가 복도 의자에서,

"여기 앉으니 기분이 좋군. 마음이 산뜻해지는걸." 하고 절실하게 중얼거렸다.

구메는 도쿄니치니치 신문의 학예부장으로 최근 임명되었는데, 전날 밤부터 하루 묵으면서 관전하러 와 있었다. 소설가가 신문사의 학예부장이 되는 건 근래 보기 드문 일이다. 바둑은 학예부 담당이었다.

구메는 바둑을 거의 모르기에, 복도 의자에 걸터앉아 산을 바라보거나 대국자들을 살폈다. 그러나 바둑 기사의 마음속 파도는 구메에게도 전해져, 명인이 비통한 낯으로 깊은 생각에 잠기면 구메의 미소 띤 온화한 얼굴에도 똑같이 비통한 표정이 떠오른다.

바둑을 잘 모르는 건 구메나 나나 오십보백보지만 그럼에도 바로 곁에서 줄곧 지켜보는 동안, 바둑판의 움직이지 않는 돌이 무언가 생명이 있는 것인 양 말을 걸어오는 걸 느낀다. 기사

가 두는 바둑돌 소리는 거대한 세계에 울려 퍼지듯 들린다.

대국 장소는 2호 별관이었다. 너른 방 세 개짜리 별채였다. 첫 번째 방의 장식 단에 꽂꽂이해 놓은 자귀나무를 보고,

"흘러내릴 듯한 꽃이군." 오타케 7단이 말했다.

이날은 15수 나아가, 백 80이 봉수였다.

봉수할 오후 4시가 다 되었다고 기록계 소녀가 알려도, 명인은 들리지 않는 모양이었다. 소녀는 명인 쪽으로 살짝 몸을 들이민 채 망설였다. 7단이 소녀 대신,

"선생님, 봉수하시겠어요?" 하고 아이를 흔들어 깨우듯 말하자, 그제야 알아듣고서 무언가 중얼거렸다. 하지만 목이 쉰 탓에 소리가 나오지 않으니, 알아들을 수 없다. 아마 봉수가 정해졌으려니 짐작하고 일본기원의 야와타 간사가 봉투를 준비해 왔는데도, 명인은 남의 일인 듯 한참을 멍하니 보기만 했다. 그리고 지금 당장은 제정신으로 돌아갈 수 없다는 표정으로,

"아직 수가 정해지지 않았어."

그러고 나서 다시 16분 생각했다. 백 80은 44분이었다.

22

7월 31일 재개된 대국에서, 대국실은 다시 신조단〔新上段〕 방으로 바뀌었다. 방 세 개가 나란히 있고 라이 산요[25], 야마

---

25) 賴山陽(1780~1832). 에도 시대 후기의 시인, 유학자.

오카 뎃슈[26], 요다 갓카이[27]의 액자가 방마다 걸려 있었다. 명인의 방 위였다.

명인의 방이 있는 복도 옆으로, 수국이 꽃무리를 지어 부풀어 오르듯 피어 있었다. 오늘도 검정제비나비가 그 꽃을 찾아와, 선명한 그림자를 연못에 드리웠다. 처마에는 등나무 시렁의 이파리가 묵직하니 우거졌다.

명인이 백 82를 생각하고 있을 때 대국실까지 물소리가 들리기에 아래를 보니, 명인의 부인이 연못의 돌다리에 서서 밀기울을 던지고 있었다. 그곳으로 잉어 떼가 몰려드는 물소리였다.

이날 아침에 부인은,

"교토에서 손님이 오셔서 저는 집으로 돌아가 있었어요. 요즘은 도쿄도 시원해서 지내기가 수월했지요."라고 내게 말했다.

"그런데 시원하면 또 시원한 대로 남편이 감기에 걸리지 않을까, 걱정이 돼서……."

부인이 돌다리에 서 있는 사이, 보슬비가 내렸다. 이윽고 굵은 빗줄기가 쏟아졌다. 오타케 7단도 비를 몰랐으나 나중에 듣고서야,

"하늘도 신장병인가?" 하고 마당을 보았다.

정말이지 비가 잦은 여름이다. 하코네에 오고 나서 쾌청한

---

26) 山岡鉄舟(1836~1888). 검술가. 메이지 시대 정치가.
27) 依田学海(1833~1909). 한학자, 연극 평론가, 극작가.

대국일은 여태 한 번도 없었다. 게다가 날씨가 변덕스러워, 방금 내린 비도 7단이 흑 83의 수를 생각하고 있는 동안엔 수국 꽃 무더기에 햇살이 비치고 산의 초록빛이 씻긴 듯 반짝였다가도 금세 다시 찌푸려지는 식이다.

흑 83은 백 70의 1시간 46분 기록을 넘어 1시간 48분의 장고였다. 7단은 두 손을 짚고 방석에 앉은 채로 조금 물러나, 바둑판의 우변을 응시했다. 그러고는 다시 팔짱을 끼고 배를 쑥 내밀었다. 7단이 장고에 들어가는 전조다.

바둑도 중반으로 접어들어 이쯤에서는 한 수마다 어려운 대목이었다. 백과 흑의 분야가 얼추 가려지고, 정확한 어림은 아직 잡지 못해도 그 정확한 어림 바로 코앞까지는 와 있었다. 이대로 끝내기에 들어갈지, 적지로 뛰어들지, 아니면 어딘가에서 싸움을 걸지, 전체적인 대국의 형세를 살펴 승패를 판단하고 이에 따라 작전을 짜는 시점이었다.

일본에서 바둑을 배워 독일로 돌아가 '독일 혼인보'라 불리는 펠릭스 뒤발 박사가 명인의 이번 은퇴기에 축전을 보내왔다. 박사의 전보를 보는 두 기사의 사진이 오늘 아침 신문에 실려 있었다.

다시 백 88이 오늘의 봉수가 되었기에, 야와타 간사가 곧바로 말했다.

"선생님, 미수(米壽)를 축하 받으셨네요."

명인은 더 이상 야윌 수 없을 듯한 뺨과 목이 한층 야위어 보였지만 그토록 무더웠던 7월 16일보다는 건강했고, 살이 빠지면서 뼈가 도드라졌다고나 할까, 기운이 왕성했다.

닷새 후의 대국에서 명인이 병을 앓는 모습을 보게 될 줄은 아무도 생각지 못했다.

하지만 흑이 83을 두었을 때 명인은 더 이상 못 기다리겠다는 듯, 대뜸 일어섰다. 피로가 고스란히 묻어났다. 12시 27분이니까 으레 점심시간이 될 텐데도, 명인이 내팽개치듯 불쑥 일어난 적은 여태껏 없었다.

23

"이런 일이 없었으면 좋겠다고 간절히 신께 기도를 드렸는데, 신심이 부족했나 봐요."라고 명인의 부인은 8월 5일 아침, 내게 말했다.

"이런 일이 없었으면 좋겠다고 걱정했어요. 너무 걱정을 하다 보니 되레…… 막상 이렇게 되니, 이제는 신께 기도를 드리는 수밖에 없어요."라고도 했다.

흥미롭게 지켜보는 관전 기자인 나는 승부의 영웅으로서의 명인에게 정신이 팔려 있다가, 오랜 세월 곁을 지켜 온 아내의 말을 듣고는 허를 찔린 심정으로 뭐라 대답할 바를 몰랐다.

이 바둑 때문에 명인은 지병인 심장병이 악화되었고, 가슴의 통증은 훨씬 전부터 있었던 모양이다. 그걸 다른 사람에겐 한마디도 내비치지 않았다.

8월 2일경부터 얼굴에 부종이 생겼다. 가슴 통증도 시작되었다.

그리고 8월 5일이 약속된 대국 날이었다. 아무튼 오전 2시간만 두기로 했다. 그 전에 진찰을 받기로 되어 있어,

"의사는⋯⋯?" 하고 명인이 물었는데 급한 환자가 있어 센고쿠하라에 갔다고 하자,

"그래, 그럼 시작하지."라며 재촉했다.

명인은 바둑판 앞에 앉더니, 찻종을 두 손으로 고즈넉이 감싸고 따뜻한 차를 마셨다. 그리고 손을 가볍게 무릎 위에서 맞잡으니 몸이 꼿꼿해졌다. 하지만 아이가 금방이라도 으앙하고 울음을 터뜨릴 듯한 낯으로 보인다. 앙다문 입술을 쑥내민 데다, 뺨이 부루퉁하고 눈꺼풀도 부은 탓이다.

대국은 오전 10시 17분, 거의 정각에 시작되었다. 오늘도 아침 안개가 엄청난 비로 바뀌었고, 마침내 하야카와 하류 쪽에서 차츰 밝아 왔다.

백 88의 봉수를 열고 오타케 7단의 흑 89가 10시 48분, 그리고 명인의 백 90의 수는 정오를 지나 1시 반이 가까운데도 아직 정해지지 않았다. 병고를 견뎌 가며, 참으로 2시간 7분의 대(大)장고였다. 그러는 동안에도 명인은 자세를 흐트러지지 않았다. 얼굴의 부기는 오히려 가라앉았다. 결국 점심시간을 갖기로 했다.

늘 1시간이던 휴식이 오늘은 2시간이고, 명인은 의사의 진찰도 받았다.

오타케 7단도 속이 불편해 세 가지 약을 꾸준히 먹고 있다고 했다. 뇌빈혈 예방약도 먹고 있다. 7단은 대국 도중, 정신을 잃고 쓰러진 적이 있다.

"뇌빈혈을 일으키는 건 바둑이 잘 안 풀리고 시간이 없고 몸이 이상한, 대체로 이 세 박자가 맞아떨어질 때지요."

그리고 명인의 질병에 대해,

"저는 두고 싶지 않지만, 선생님께서 군이 두시겠다고 말씀 하십니다."라고 했다.

점심 휴식 후 대국실로 돌아왔을 때, 명인의 백 90 봉수는 정해져 있었다.

"선생님, 애쓰셨습니다."라는 오타케 7단의 인사에,

"내 고집만 부려 미안합니다." 명인은 보기 드물게 사과했고, 대국이 중단되었다.

"얼굴이 붓는 건 신경 쓰이지 않는데, 여기가 이리저리 안좋아서 낭패입니다." 명인은 자신의 가슴을 둥글게 쓰다듬으며, 구메 학예부장에게 병에 대해 설명했다.

"숨이 가쁠 때, 심장이 두근거릴 때, 짓눌릴 듯이 가슴이 답답할 때……. 아직 젊다고 생각하건만. 나이를 느낀 건 쉰 살부터지요."

"투지가 나이를 이길 수 있으면 좋겠습니다만." 구메가 말했다.

"선생님, 저도 벌써 나이를 느끼는걸요, 서른에." 오타케 7단이 말했다.

"빠르군." 명인이 말했다.

명인은 대기실에서 구메 부장 일행과 잠시 앉아 있다가, 소년 시절에 고베에 가서 관함식 때 군함에서 처음 전등을 봤다는 옛날이야기도 꺼냈는데,

"병 때문에 당구를 칠 수 없으니 갑갑합니다. 장기는 조금 둬도 괜찮아요. 자아, 갑시다." 하고 웃으며 일어났다.

명인의 '조금'은 조금으로 끝나지 않는다. 오늘도 곧장 승부 놀이를 재촉하는 명인에게 구메가 말했다.

"마작을 하는 게, 머리를 쓰지 않아 좋겠지요."

명인은 점심으로 매실 장아찌에 죽만 후루룩 먹었다.

24

명인의 병환은 도쿄에도 전해지고, 그래서 구메 학예부장이 찾아온 것이리라. 제자인 마에다 노부아키 6단도 왔다. 입회자인 오노다 6단과 이와모토 6단 두 사람도, 8월 5일에는 함께했다. 오목의 다카기 명인도 여행 도중에 들렀고, 미야노시타에 체재 중이라는 장기의 도이 8단도 놀러 왔다. 승부 놀이로 들썩거렸다.

구메의 인정 어린 제안에 따라 명인은 장기가 아닌 마작을 택했고, 구메와 이와모토 6단 그리고 스나다 기자가 상대를 해 주었다. 세 사람 모두 종기를 건드리듯 마음을 쓰고 있건만, 명인은 푹 빠져 홀로 장고에 열중했다.

"여보, 너무 진지하게 생각하시면 다시 얼굴이 붓는다니까요."라고 부인이 걱정스레 건네는 귓속말도 들리지 않는 눈치다.

그 옆에서 나는 다카기 라쿠잔 명인에게 '이동 오목' 또는

'움직이는 오목'이라는 걸 배웠다. 다카기 명인은 여러 가지 놀이에 능숙할 뿐만 아니라 새로운 놀이를 고안해 내는 재주도 있어, 주변 사람을 기분 좋게 하는 성품을 지녔다. 오늘도 '규중처녀'라는 놀이에 대한 이야기를 들었다.

저녁 식사 후에도 다시 명인은 야와타 간사와 고이 기자를 상대로, 밤새도록 '두 점 따기 오목'을 했다.

마에다 6단은 낮에 명인의 부인과 조금 이야기를 나누었을 뿐, 일찍 여관을 나갔다. 마에다 6단에게는 명인이 스승이고 오타케 7단은 자형인지라, 공연한 오해나 풍문을 우려해 대국자를 만나는 걸 피했으리라. 명인과 우칭위안 5단의 대국 때, 백 160의 묘수는 마에다 6단이 발견했다는 소문이 나돌았던 걸 떠올렸는지도 모른다.

다음 날 6일 아침, 니치니치신문의 주선으로 도쿄에서 가와시마 박사가 명인을 진찰하러 왔다. 병명은 '대동맥판[28] 불완전 폐쇄'라는 거였다.

진찰이 끝나자 명인은 병상에 앉아 또다시 장기를 시작했다. 오노다 6단을 상대로, '나라즈노긴'[29]이라는 방식이었다. 그러고 나서 명인은 사방침에 기댄 채 다카기 명인과 오노다 6단이 조선 장기를 두는 모습을 지켜보다가,

"자아, 마작으로 합시다."라며 지루하다는 듯 재촉했다. 하지만 나는 마작을 잘 모르는 탓에, 인원이 부족하다.

---

28) 대동맥과 좌심실의 경계에 있는 판막. 피가 심장으로 역류하는 것을 방지한다.
29) 승격되지 못한 은(銀)이라는 의미.

"구메 씨는……?" 하고 명인이 말했다.

"구메 선생님은 의사 선생님을 배웅할 겸 가셨습니다."

"이와모토 씨는……?"

"가셨습니다."

"그래……? 가 버렸군." 명인은 힘없이 말했다. 그 쓸쓸함이 내게도 스며들었다.

나도 가루이자와로 가야 했다.

25

신문사와 일본기원의 관계자들이 도쿄의 가와시마 박사, 미야노시타의 오카지마 의사와 의논한 끝에, 명인이 원하는 대로 대국을 이어 나가기로 결정되었다. 다만 닷새에 한 번 하루 5시간의 대국을, 사나흘에 한 번 2시간 반으로 줄여 명인의 피로를 덜고, 아울러 매회 대국 전후로 의사의 진료를 받아 대국을 계속해도 좋다는 허락을 얻기로 했다.

그런즉 앞으로 남은 날짜를 줄이는 것이, 명인을 병고로부터 해방시키고 이 바둑을 완성시키는 궁여지책이었으리라. 바둑 한 판을 위해 두 달이고 석 달이고 온천 여관에 머문다는 건 굉장한 사치로 여겨지지만, '통조림 제도'라는 표현대로 그 바둑 안에 '통조림'이 되는 일이었다. 사이사이 나흘씩 쉬는 날에 자택으로 돌아갈 수 있다면 바둑을 벗어나 마음의 부담이나 피로를 덜 수도 있겠지만, 대국 장소인 여관에 틀어박혀

있으니 기분 전환도 어렵다. 이삼 일이나 일주일이라면 문제가
아닌데, 두 달이고 석 달이고 머무는 건 예순다섯의 연로한 명
인에게는 가혹했다. 요즘 대국에선 통조림이 오히려 관례다 보
니, 노인과 장기적인 대국이라는 이 악덕한 상황에 대해 깊이
생각해 보지 못했으리라. 다소 거창한 대국 조건을, 명인 스스
로도 영웅의 관(冠)이라 여겼으리라.

명인은 한 달이 채 못 가, 쓰러졌다.

그러나 그 대국 조건은, 이렇게 되고서야 변경된 것이다. 상
대자인 오타케 7단에게는 중대한 일이었다. 처음 서약대로 두
지 못할 바엔, 명인은 이 바둑을 던지는 게 도리다. 역시나 그
런 말은 하지 않았지만,

"난 사흘 휴식으론 피로가 가시지 않아. 하루 2시간 반으로
는, 집중이 안 돼."라고 말하기도 했다.

이 점에 대해 양보를 했어도 연로한 환자를 상대로 싸우는,
어려운 입장에 놓였다.

"선생님이 편찮으신데, 제가 무리하게 바둑을 두게 했다는
식이면 곤란하니까요……. 저는 두고 싶지 않은데도 선생님이
기어코 두겠다고 말씀하시는 거지만, 사람들은 그리 보지 않
을지도 모릅니다. 거꾸로 생각하기 십상이에요. 게다가 대국
을 계속한 탓에 선생님의 병환이 악화되면 제 책임일 테지요.
정말 큰일입니다. 바둑 역사에 오점을 남기게 되어, 훗날 두고
두고 비난을 한몸에 받고 싶진 않습니다. 도의적으로도 먼저
선생님이 천천히 휴양하시도록 하고 나서, 다시 바둑을 두면
되지 않겠습니까?"

어쨌거나 누가 보기에도 병세가 심각한 환자인 상대와는 싸우기가 버거울 것이다. 질병이라는 상대의 허점을 이용해 이겼다고 여겨지는 건 싫고, 만약 진다면 더더욱 비참하다. 승패는 아직 분명하게 내다볼 수 없다. 바둑판 앞에 앉으면 명인은 저절로 질병도 다 잊어버리는 사람인지라, 상대의 병환을 억지로 잊으려 애쓰는 오타케 7단 쪽이 되레 불리하다. 명인은 비장감 넘치는 연극의 주인공이 되었다. 바둑을 계속 두다가 바둑판 옆에 쓰러지는 것이야말로 기사의 소원이라고 한 말이 신문에도 실려, 예에 목숨을 바치는 명인으로 비쳤다. 신경질적인 7단은 상대의 질병에 구애되거나 동정심도 갖지 않은 채 싸워야만 했다.

이런 환자에게 바둑을 두게 하는 건 인도적인 문제가 있다고, 신문사의 바둑 기자도 말할 정도였다. 하지만 명인이 어떡해서든 대국을 이어 나가 주길 바라는 건, 은퇴기를 주최한 신문사였다. 이 바둑은 신문에 연재 중이었고 엄청난 인기를 끌었다. 내 관전기도 성공해, 바둑을 모르는 사람들조차 읽었다. 만약 여기서 중단한다면 막대한 대국료가 어떻게 될지 명인이 염려하고 있을 거라고 내게 귀띔하는 이도 있었으나, 그건 지나친 억측으로 여겨졌다.

아무튼 다음 대국일인 8월 10일 전날 밤에는, 오타케 7단에게 대국 재개를 승낙시키려고 다들 총동원되었다. 이렇게 말하면 저렇게 대답하는 떼쟁이 같은 괴팍함이 7단에게는 있고, 한 번 수긍한 듯 보이다가도 여전히 그게 아닌 고집 센 구석도 있는 탓에, 신문 기자나 기원의 진행자들은 말솜씨가 서

툴러 수습이 어설펐다. 야스나가 하지메 4단은 오타케 7단의 성질을 잘 아는 벗인 데다 분쟁을 해결하는 데에 익숙해, 스스로 일을 떠맡고 나서서 7단을 설득하려 애썼으나 쩔쩔매기만 했다.

밤늦게 오타케 부인도 히라쓰카에서 아기를 안고 달려왔다. 부인은 남편을 달래다 못해 울었다. 하지만 울면서도 부인은 부드럽고 상냥하게 조리에 맞는 이야기를 했다. 잘난 척하는 훈계조가 아니었다. 진심 어린 눈물로 호소하는 부인을 옆에서 지켜보며 나는 감동했다.

부인은 신슈 지고쿠다니에 있는 온천 여관의 딸이다. 오타케 7단과 우칭위안이 지고쿠다니에 틀어박혀 신포석 연구를 했다는 이야기는 바둑계에서 유명한데, 나는 부인이 처녀 시절부터 미인이라는 소문을 알고 있었다. 시가고원에서 지고쿠다니로 내려온 젊은 시인들에게, 부인 자매는 아름다웠다. 그 인상을 나는 시인에게 들었다.

지금 하코네의 여관에서 만나 보니 그저 수수한 살림꾼 아내여서 내 기대가 조금 빗나갔지만, 옷차림에 무신경한 채 아기를 안은 수척해진 모습엔 산촌 시절의 목가적인 느낌도 남아 있었다. 따스하고 어진 심성을 금세 알 수 있었다. 그리고 품에 안긴 젖먹이는, 이토록 훌륭한 아기를 본 적이 없어! 싶을 만큼 나를 감탄하게 만들었다. 여덟 달 된 남자 아기가 당당한 위세를 갖추고 있어, 오타케 7단의 씩씩한 마음이 깃든 것 같았다. 피부가 희고 시원스러웠다.

그후 십이삼 년이 지난 지금도 오타케 부인은 나를 만나면,

"선생님께 칭찬을 들었던 아기는……." 하며 그 아이 이야기를 한다. 또한 그 소년을,

"아기 때, 우라가미 선생님이 신문에서 칭찬해 주셨잖니."라며 타이른다고 한다.

이 젖먹이를 안은 부인이 눈물을 흘리며 끈질기게 사정하는 데에, 오타케 7단도 고집이 꺾인 모양이다. 가정에 충실한 7단이다.

그러나 대국 재개를 승낙하고 나서도, 밤새도록 잠들지 못했다. 고민하고 고민했다. 그리고 새벽녘 대여섯 시쯤 여관 복도를 어슬렁어슬렁 혼자 돌아다녔다. 일찌감치 예복 차림을 한 채 현관의 긴 의자에 누워 있기도 했다.

26

명인의 병환은 10일 아침에도 큰 변화가 없어, 의사는 대국을 허락했다. 하지만 뺨은 여전히 부었고 눈에 띄게 쇠약해졌다. 오늘의 대국 장소를 본관과 별관 중 어디로 하겠느냐는 질문에, "나는 이제 걸을 수가 없으니."라고 명인이 말한 것도 이날 아침이었다. 그런데 본관의 방은 전에 오타케 7단이 폭포 소리를 성가시게 여겼으니까, 오타케 7단이 좋을 대로 하겠노라고 대답했다. 폭포는 수도의 물이니, 폭포를 잠그고 본관에서 바둑을 두게 되었는데, 명인의 말을 듣고 내겐 무언가 분노에 가까운 슬픔이 치밀었다.

이 바둑에 몰입하고 난 뒤로 명인은 이미 육신을 잃어버린 듯 진행자들에게 대부분의 일을 떠맡긴 채, 더 이상 고집을 부리지도 않았다. 명인의 병환으로 인해 앞으로 어떻게 할 것인가라는 분쟁이 있었을 때도, 정작 당사자인 명인은 남의 일인 양 멍하니 있었다.

8월 10일은 간밤의 달빛도 환했으나 아침의 강렬한 햇살, 선명한 그림자, 반짝이는 흰 구름, 이 바둑이 시작되고 처음으로 한여름 날씨였다. 자귀나무도 이파리를 한껏 펼쳤다. 오타케 7단이 걸친 겉옷의 하얀 끈이 유독 눈에 띄었다.

"그래도 날씨가 차분해져 다행입니다."라고 명인의 부인이 말했으나, 수척해진 탓에 인상이 아주 바뀌고 말았다. 오타케 부인도 수면 부족으로 얼굴이 창백했다. 두 부인이 모두 푸석푸석해진 낯에 불안한 눈빛으로, 제각기 남편을 염려하며 허둥지둥했다. 저마다의 에고이즘이 드러난 모습으로도 비쳤다.

한여름의 바깥 햇빛이 강하기 때문에 그 역광으로 보는 실내의 명인은 한층 어둡고 처참한 모습이었다. 대국실에 모인 사람들은 다들 고개를 숙인 채 명인을 제대로 보지 않았다. 재미난 농담을 잘 던지는 오타케 7단조차 오늘은 통 말이 없었다.

이렇게 해서까지 바둑을 두어야만 하나? 대체 바둑이란 무엇일까? 나는 명인이 애처로웠다. 나오키 산주고[30]가 어느덧

---

30) 直木三十五(1891~1934). 소설가. 사후에 대중 문학을 대상으로 하는 나오키상이 제정되었다. 아쿠타가와상과 함께, 나오키상은 일본 문단의 대표 등용문이다.

죽음이 임박했을 때, 그가 보기 드물게 쓴 사소설 『나』에서 "바둑 두는 사람이 부럽다." 하고, 바둑은 "무가치라고 하면 절대 무가치이고, 가치라고 하면 절대 가치이다."라고 쓴 걸 나는 떠올리기도 했다. 나오키가 올빼미와 놀면서 "넌 쓸쓸하지 않니?"라고 묻자, 올빼미는 탁자 위의 신문을 쪼아 찢어 버린다. 그 신문에는 혼인보 명인과 우칭위안의 시합 바둑이 실려 있다. 명인의 병환 때문에 대국이 중단된 상태였다. 나오키는 바둑의 불가사의한 매력과 승부의 순수함을 생각하며 자신의 대중문학의 가치를 고민해 보려고 하지만, "……그런 일에 요즘은 차츰 싫증이 난다. 오늘 밤 9시까지 원고 삼십 매를 써야만 하는데, 벌써 오후 4시를 지났다. 하지만 나는 아무래도 좋다는 기분이 들었다. 하루쯤 올빼미와 노는 것도 괜찮겠지. 나는 자신을 위해서가 아니라, 저널리즘과 번잡한 것들을 위해 얼마나 일해 왔던가? 그리고 그것이 얼마나 냉혹하게 나를 대했던가?" 나오키는 무리하게 글을 쓰다 죽었다. 내가 혼인보 명인이나 우칭위안을 처음 알게 된 것은 나오키 산주고를 통해서였다.

나오키의 말년은 유령을 보는 듯했는데, 지금 눈앞의 명인도 유령인가 싶다.

하지만 이날은 아홉 수 나아갔다. 오타케 7단이 흑 99를 두는 차례에서 봉수 약속 시간인 12시 반이 되었으므로, 그다음은 7단이 혼자 생각하기로 하고 명인은 바둑판을 물러났다. 그제야 담소하는 소리가 들렸다.

"서생 시절에 담배가 떨어지면, 그때는 담뱃대를 사용했습

니다만……." 하고 명인은 천천히 담배를 피우며,

"소맷자락 먼지를 꾹꾹 눌러 피우기도 했습니다. 그거라도
얼추 해소가 되니까요."

서늘한 바람이 조금 들어왔다. 명인이 앞에 없으니, 7단은
겉옷을 벗고 생각했다.

자신의 방으로 돌아와, 명인은 오늘도 곧장 오노다 6단과
장기를 두었으니 참으로 놀랍다. 장기 다음에는 다시 마작이
었다고 한다.

나는 대국이 벌어지는 여관에선 짓눌리듯 답답해 머물기
힘든 탓에 도노사와의 후쿠주로까지 달아나, 거기서 관전기
1회분을 쓰고 다음 날 가루이자와의 산장으로 돌아갔다.

27

명인은 승부 놀이의 아귀 같았다. 방 안에 틀어박혀서 하
는 승부 놀이가 가뜩이나 몸을 상하게 했을 게 분명한데도 기
분을 발산시키지 않고 내공(內攻)하는 기질인 명인은, 대국으
로 피로해진 머리에 휴식을 주고 바둑을 벗어나기 위해서도,
승부 놀이 말곤 없는지도 몰랐다. 명인은 산책도 하지 않는다.

승부를 직업으로 삼은 사람은 대개 다른 승부 놀이도 좋아
하는 법이지만, 명인의 경우는 자세가 남달랐다. 가볍게 즐기
는 게 아니었다. 대충 적당히, 라는 게 없었다. 아주 끈질기고
끝이 없었다. 며칠 몇 밤이고, 쉬지 않았다. 기분 전환이나 지

루함을 때우는 게 아니라, 승부 귀신에게 잡아먹히고 있는 듯 섬뜩했다. 마작이나 당구조차도 바둑 때와 마찬가지로 몰아의 경지에 빠져들기 때문에, 상대에게 폐를 끼치는 건 차치하고 명인 자신은 언제나 진실하고 순수했다고 할 수 있으리라. 보통 사람이 열중하는 방식과 달리, 명인은 아득한 저 멀리 무언가를 잃어버리고 있었다.

그날의 대국을 마치고 저녁 식사 때까지 잠깐 동안에도, 명인은 승부 놀이를 찾았다. 입회자인 이와모토 6단이 저녁 반주를 기울이는데, 명인이 기다리다 못해 부르러 왔다.

하코네에서 첫 대국 날, 그날의 진행을 마치고 오타케 7단은 자신의 방으로 물러나자마자,

"바둑판이 있으면, 하나." 하고 종업원에게 일러 방금 끝난 싸움을 검토하는 듯 돌 소리가 들리기도 했는데, 명인은 곧장 편한 유카타 차림으로 관계자들의 방에 나타나 '두 점 따기 오목'으로 나를 대여섯 판 너끈히 물리치고는,

"'두 점 따기'는 좀 장난 같아서 재미가 없습니다. 장기로 합시다. 우라가미 씨의 방에 있어요." 하고는 서둘러 앞장서 갔다. 그리고 이와모토 6단과의 히샤오치[31]는, 저녁 식사로 중단되었다. 거나하게 취한 6단은 젠체하며 책상다리를 하고 훤히 드러난 허벅다리를 두들기다가, 명인에게 졌다.

오타케 7단의 방에서는 저녁 식사 후에도 잠시 돌 소리가 들렸으나, 마침내 밑으로 내려와 스나다 기자와 나를 히샤오

---

31) 히샤(飛車)를 뗀 일본 장기. 히샤는 한국 장기의 차와 비슷하다.

치로 농락하면서,

"아아, 장기를 두면 어쩐지 노래를 하고 싶어지니까 실례하겠습니다. 정말로 장기를 좋아해요. 어째서 장기를 두지 않고 바둑을 두게 됐는지, 이것만은 아무리 생각해도 아직 잘 모르겠네요. 바둑보다도 장기가 훨씬 오래됐거든요. 네 살이 될까 말까 할 즈음에 익혔는데, 오래됐다는 게 어째서 강한 게 아닌지……." 그러고는 동요, 속요, 재치 있게 가사를 바꾼 노래들을 흥겹게 불렀다.

"오타케 씨의 장기는, 기원에서 제일 강하지요." 하고 명인이 말했다.

"글쎄요? 선생님도 강하시니까……." 7단은 대답하고,

"일본기원에 장기 초단은 한 사람도 없습니다. 선생님과 오목을 한다면, 항상 제가 선(先)으로 두겠지요. 저는 정석을 모르고 그저 힘만으로……. 선생님은 오목 3단을 갖고 계시니까."

"3단이라 해도, 프로 초단에는 못 당하지요. 프로는 강한 법입니다."

"장기의 기무라 명인은 바둑 실력이……?"

"그럭저럭 초단입니다. 요즘 더 강해진 것 같더군요."

오타케 7단은 이어진 명인과의 맞장기에서도 장단을 맞추며,

"찻차카, 찻차, 찻찻차."

여기에 명인도 휩쓸려,

"찻차카, 찻차, 찻찻차."

명인에게는 보기 드문 일이었다. 명인의 장기가 조금 우세

해 보였다.

그 무렵은 장기도 유쾌했지만 명인의 병환이 위중해진 뒤로는, 재미 삼아 하는 승부 놀이에도 요기가 감돌았다. 8월 10일의 대국 후에마저, 명인이 승부 놀이를 하지 않고선 배길 수 없는 걸 보면 마치 지옥의 사람 같다.

다음 대국 날은 8월 14일이었다. 그러나 명인의 쇠약이 엄청난 데다 병고가 쌓인 터라, 의사는 대국을 금지했고 진행자들도 옆에서 말리고 신문사도 단념했다. 14일은 명인이 한 수만 두고, 이 바둑을 쉬기로 결정했다.

대국자가 자리에 앉으면 우선 바둑판 위의 바둑통을 무릎 앞에 내려놓는다. 그 바둑통이 명인에겐 무거워 보였다. 그러고 나서 저번까지 진행된 국면을 만든다. 즉 두 사람이 순서를 따라 두어 가는데, 처음에 명인의 돌은 손끝에서 굴러떨어질 것 같았지만 점차 바둑을 두어 나가면서 힘이 붙고 돌 소리도 높아졌다.

명인은 꼼짝도 않고 33분, 오늘의 한 수를 생각했다. 이 백 100을 봉하고 끝낼 약속이었다. 그런데 명인은,

"좀 더 둘 수 있어."라고 했다. 그럴 기분이 된 모양이다. 관계자들은 부랴부랴 의논을 했다. 하지만 약속이니까 한 수로 끝내기로 정했다.

"그렇다면……." 명인은 백 100의 수를 봉하고 나서도, 바둑판 위를 바라보았다.

"선생님, 긴 시간 감사했습니다. 아무쪼록 건강하시길……." 오타케 7단이 인사를 해도 명인은 "음." 하고 짧은 소리를 낼

뿐이라, 부인이 대신 응답했다.

"딱 100수……. 몇 회째인가?" 7단은 기록계에게 묻고,

"10회째……? 도쿄에서 2회, 하코네에서 8회? 10회 두고
100수……? 하루에 평균 10수였군요."

나중에 내가 명인의 방으로 잠시 동안의 작별 인사를 하러
갔더니, 명인은 물끄러미 정원의 하늘을 응시하고 있었다.

하코네의 여관에서 명인은 곧장 쓰키지 성 누가 병원으로
들어갈 예정인데, 이삼 일은 자동차조차 탈 수 없을 거라고
했다.

28

7월 말부터는 우리 가족도 가루이자와로 옮겨 와, 나는 이
바둑을 위해 하코네와 가루이자와를 오갔다. 편도가 7시간 남
짓 걸리는 탓에, 대국 전날 산장을 나서야만 한다. 바둑이 끝
나는 건 저녁 무렵이라, 돌아올 때는 하코네나 도쿄에서 일박
한다. 사흘 걸리는 셈이다. 닷새마다 열리는 대국이고 보면 집
으로 돌아가 이틀 뒤에 다시 나오는 것이고, 더구나 매일 관전
기를 쓰면서 비가 잦은 여름에는 녹초가 되기도 하니까 바둑
여관에 계속 머물러 있으면 좋으련만, 나는 대국 후의 저녁 식
사도 하는 둥 마는 둥 귀가를 서둘렀다.

명인이나 7단과 내가 같은 여관에 있으면, 그 사람들에 대
해 글을 쓰기가 힘들었다. 같은 하코네에서도 나는 미야노시

타에서 도노사와까지 내려가 숙박했다. 그 사람들 이야기를 계속 쓰면서, 다음 대국 날에 다시 그 사람들과 얼굴을 마주하는 것이 거북했다. 신문사가 주최하는 행사의 관전기이니까, 독자의 인기를 끌어 올리기 위해 약간의 미사여구도 감행한다. 아마추어가 고단자의 바둑을 이해할 턱이 없음에도 바둑 한 판을 신문에 육칠십 일 계속 써 나가려면, 기사의 풍모나 일거일동에 대한 묘사가 중심이 된다. 나는 바둑을 보고 있었다기보다는, 바둑을 두는 사람을 보고 있었다. 또한 대국하는 기사가 주인이고, 관계자나 관전 기자는 종복이다. 자신이 잘 알지도 못하는 바둑을 무한히 존중하고 써 나가려면, 기사에게 경애심을 갖는 수밖에 없었다. 승부에 대한 흥미뿐만 아니라 한 가지 예도에 대한 감동이 내게 있었던 것은, 자신을 비우고 명인을 바라본 덕분이었다.

명인의 병환으로 결국 은퇴기가 중단된 날, 가루이자와로 돌아가는 나는 마음이 묵직했다. 우에노역에서 짐을 기차 선반에 올리자, 대여섯 줄 건너편 좌석에서 키 큰 외국인이 성큼성큼 다가와,

"그거, 바둑판이지요?"

"그렇습니다. 잘 아시는군요."

"저도 그거 갖고 있습니다. 아주 좋은 발명품입니다."

금속 바둑판에 자석 돌이 달라붙게 되어 있어, 기차 안에서도 사용하기 편했다. 덮개를 해 놓으면 뭔지 알 수 없다. 나는 가볍게 들고 다녔다.

"한 판 부탁드립니다. 바둑은 아주 재미있고 좋습니다." 외

국인은 일본말로 이렇게 말하고는, 냉큼 자신의 무릎 위에 바둑판을 올려놓았다. 무릎이 기다랗고 높아서, 내 무릎에 얹는 것보다 바둑을 두기 수월했다.

"13급입니다."라고 정확히 계산하듯 말했다. 미국인이었다.

처음에 여섯 점을 접고 두어 보았다. 일본기원에서 가르침을 받고 유명 인사와 바둑을 두기도 했다는데, 형태는 갖추었으나 깊이가 없이 빨리 두었다. 지는 것을 전혀 개의치 않고 몇 판이건 손쉽게 해치우면서, 이런 놀이에서 굳이 이기려고 애쓰는 게 헛수고라는 식이었다. 가르침을 받은 형태대로 당당히 진을 치고 출발은 훌륭하지만, 도무지 전의(戰意)가 없었다. 내 쪽에서 살짝 되밀어 붙이거나 허를 찌르면 그만 못 버티고 맥없이 무너져 내리는 품이 마치 덩치만 크고 허릿심 약한 남자를 넘어뜨리는 것 같아서, 되레 내가 어지간히 고약한 성품을 지녔나 싶게 언짢은 느낌이 들 정도였다. 잘 두고 못 두고를 떠나 손맛이 없다. 긴장감이 없다. 아무리 서툰 바둑이라도 일본인이라면 승부 근성의 깊숙이까지 부딪쳐, 이처럼 뒷심이 약하지는 않다. 바둑의 기세가 없다. 나는 이상한 기분이 들면서 완전히 다른 민족을 느꼈다.

이런 식으로 우에노역에서 가루이자와 근처까지 4시간 이상 연거푸 바둑을 두었고, 몇 번을 지더라도 기죽지 않는 유쾌한 불사신에겐 내가 백기를 들 지경이었다. 때 묻지 않고 순진한 허약함 앞에서 내가 심술궂게 여겨지기도 했다.

서양 사람이 바둑을 두는 게 신기해선지, 승객 네다섯 명이 다가와 우리 주변에 서 있었다. 이 광경이 나는 다소 신경 쓰이건만, 무참히 지고 있는 미국인은 구경꾼 따윈 개의치 않는 듯했다.

이 미국인으로서는 문법부터 배우기 시작한 외국어로 언쟁을 벌이는 거나 마찬가지이고 놀이에 온 힘을 쏟을 일도 없겠으나, 아무튼 일본인과 두는 바둑하고 완전히 형편이 다른 건 확실했다. 서양 사람에게 바둑은 맞지 않는 게 아닌가, 하고 나는 생각해 보기도 했다. 하기는 뒤발 박사의 독일에는 바둑을 즐기는 사람이 오천 명이나 있고, 미국에도 바둑이 받아들여지기 시작했다는 이야기들이 하코네에서 자주 화젯거리가 되곤 했다. 초보자인 미국인 한 사람을 예로 삼는 건 경솔하겠지만, 일반적으로 서양 사람의 바둑은 기세가 부족하다고들 한다. 일본의 바둑은 플레이나 게임이라는 관념을 넘어, 예도라 여긴다. 동양에서 예로부터 이어져 온 신비스러움과 고매한 품격이 흐르고 있다. 혼인보 슈사이 명인의 혼인보도 교토 잣코지(寂光寺)의 탑두(塔頭) 이름이다. 슈사이 명인도 불문에 들어, 초대 혼인보 산샤(算砂), 즉 닛카이(日海) 스님의 삼백 주기에 니치온(日溫)이라는 법호를 받았다. 나는 미국인과 바둑을 두어 보고, 그 사람의 나라에 바둑 전통이 없다는 것도 실감했다.

전통이라고 하면 바둑 또한 중국에서 전래된 것이다. 그러나 진정한 바둑은 일본에서 이루어졌다. 중국 바둑의 기예는 지금이나 삼백 년 전이나, 일본에 비할 게 못 된다. 바둑을 한층 고상하고 깊이 있게 만든 건 일본인이다. 옛날 중국에서 이입된 수많은 문물이 중국에서 훌륭하게 발달되어 있었던 것과 달리, 바둑은 일본에서만 훌륭하게 발달했다. 그렇다 해도 그건 에도 막부의 보호를 받은 후, 근세의 일이다. 바둑은 천 년이나 전에 전래된 것이므로, 오랫동안 일본 바둑의 지혜도 키워지지 못했다. 하지만 중국에서 선심(仙心)의 놀이로서 신기(神氣)가 깃들었다 하고, 361로(路)에 천지자연과 인생의 이치를 품었다는, 그 심오한 지혜를 펼친 건 일본이었다. 외국 모방이나 유입을 일본 정신이 뛰어넘은 것은 바둑에서 분명했다.

바둑과 장기만큼 지능적인 유희도 승부 놀이도, 다른 민족에는 없을지도 모른다. 한 판의 바둑을 생각하는 제한 시간이 80시간으로 석 달이나 걸리는 승부 놀이 같은 건, 다른 나라에는 없을지도 모른다. 바둑은 노[能]32)나 차(茶)처럼, 일본의 불가사의한 전통으로 깊어진 것일까.

슈사이 명인이 중국을 만유한 이야기를 나는 하코네에서 들은 적이 있는데, 어디서 누구와 몇 점으로 두었다는 게 주된 내용이었다. 나는 중국 바둑도 상당히 강하다고 생각하면서,

"그럼 중국의 강한 사람과 일본의 강한 아마추어는, 얼추 비슷한 정도인가요?"라고 물으니,

"그렇다고 할 수 있겠지요. 그쪽이 다소 약할지도 모르지만, 아마추어끼리는 엇비슷할 테지요. 중국에는 전문가가 없으니까……."

"그렇다면 일본과 중국의 아마추어 실력이 비슷하다는 건, 요컨대 중국에서도 일본처럼 전문가를 양성하면, 중국인에게

---

32) 노가쿠[能樂]. 일본 고유의 가면 음악극.

도 그 소질이 있다는 셈인지요?"

"그렇다고 할까요."

"가능성이 있군요."

"있겠지만, 그렇게 갑자기는……. 뛰어난 사람이 있긴 있었습니다만. 아무래도 내기 바둑이 많은가 봅니다."

"그래도 바둑의 소질은, 역시 있군요."

"있겠지요. 우칭위안 같은 사람도 뛰어나오니까……."

나는 그 우칭위안 6단을 조만간 찾아갈 생각이었다. 은퇴기의 대국 상황을 극명하게 봐 감에 따라, 우 6단이 이 바둑을 해설하는 모습도 나는 봐 두고 싶어졌다. 이것도 관전기를 보완해 주리라 생각했다.

이 천재가 중국에서 태어나 일본에서 살고 있는 것은, 뭔가 천혜를 입은 상징 같다. 우 6단의 천재성이 살아난 것은 일본에 왔기 때문이다. 오랜 옛날부터 한 가지 기예에 빼어난 이웃나라 사람이 일본에서 존중받은 예는 적지 않았다. 지금도 그 훌륭한 예가 우 6단이다. 중국에 있으면 멈춰 버릴 천재를 육성하고, 아끼고, 후대한 것은 일본이었다. 소년의 천재성을 제대로 발견한 이도, 중국 각지를 돌아다닌 일본의 기사였다. 소년은 중국에 있었을 때부터 일본의 바둑 서적을 공부했다. 일본보다 오랜 중국 바둑의 지혜가, 이 소년에게 한 줄기 빛을 발했다는 느낌을 나는 갖기도 했다. 그 뒤로 거대한 광원이 깊은 진흙 속에 가라앉아 있다. 우는 천부적인 재능이 있었다. 그렇다고 해도 어린 시절에 갈고닦을 기회를 얻지 못한다면, 그 재능이 발휘되지 못한 채 묻히고 만다. 지금 일본에도 미처 싹을 틔우지 못한 바둑 재능은 적지 않으리라. 개인은 물론 민족에도, 인간 능력의 이러한 운명은 항상 존재한다. 한 민족의 과거에 빛났으나 현재 사그라진 지혜도, 과거부터 현재까지 감춰져 있다가 장래 나타날 지혜도, 많이 있을 게 틀림없다.

29

우칭위안 6단은 후지미의 고원 요양소에 있었다. 하코네에서 대국이 있을 때마다, 스나다 기자가 후지미에 가서 바둑 해설의 구술을 받아 적어 왔다. 나는 그 내용을 관전기에 적절히 끼워 넣었다. 신문사가 이 사람을 해설자로 선택한 것은 오타케 7단과 우 6단이 젊은 현역 기사의 쌍벽으로, 실력도 인기도 서로 밀리지 않았기 때문이다.

우 6단은 지나치게 바둑을 두어 몸이 좋지 않았다. 또한 중국과 일본 간의 전쟁에 상심해 있었다. 하루빨리 평화로운 날을 맞아 풍광이 아름다운 타이후〔太湖〕에서, 중일의 풍류인들과 뱃놀이를 하고 싶다는 수필을 쓰기도 했다. 고원의 병상에서 『서경(書經)』, 『신선통감(神仙通鑑)』, 『여조전서(呂祖全書)』 등을 읽었다. 1936년에 귀화해, 구레 이즈미라는 일본 이름을 사용하고 있었다.

내가 하코네에서 가루이자와로 돌아오니 학교는 모두 여름 방학인데, 이 국제적인 피서지에도 군사 교련을 받는 학생 부대가 들어와 총성이 들렸다. 문단에서도 나의 지인과 벗들이 이십여 명이나 육해군의 한커우〔漢口〕 공략전에 종군했다. 나는 그 인선에 빠졌다. 종군하지 않은 나는, 예부터 전시엔 바둑이 유행한다는데 진중에서 무인이 바둑을 둔 일화는 적지 않고, 일본의 무도〔武道〕는 예도의 마음과 합류해 그것이 종교적인 인격으로까지 나아갔으니, 바둑은 그런 점에서 매우 상징적이라고 관전기에 적기도 했다.

8월 18일, 스나다 기자가 가루이자와에 들러 같이 가자고 하기에 고모로에서 고우미센〔線〕을 탔다. 야쓰가타케 산기슭의 고원에서 지네처럼 생긴 뭔가가 한밤중에 선로 위로 엄청 바람을 쐬러 나와, 그걸 치어 죽이며 달리는 기차 바퀴는 기름으로 번들거렸다고 승객 한 사람이 이야기했다. 그날 밤은 가미스와 온천에서 묵고, 다음 날 아침 후지미의 요양소로 갔다.

우칭위안의 병실은 현관 위 2층이고, 방 한구석에 다다미 두 장이 깔려 있었다. 조립형 나무 받침대에 작은 이불을 깔아 그 위에 자그마한 판자 바둑판을 얹고 작은 돌을 놓으면서, 우 6단은 해설했다.

이토의 단코엔에서, 명인에게 두 점으로 대국하는 우칭위안을, 내가 나오키 산주고와 함께 본 것은 1932년이었다. 육년 전 그때는 감색 바탕에 하얀 무늬가 있는 통소매 옷을 입고 기다란 손가락, 살결이 싱그러운 목 언저리가 고귀한 소녀의 예지와 애련함을 느끼게 했었는데, 지금은 고귀한 젊은 승려 같은 품격도 더해졌다. 귀와 머리 모양부터 귀인의 상〔相〕으로, 이토록 천재라는 인상이 분명한 사람은 없었다.

우 6단은 막힘없이 해설을 풀어 내면서도, 이따금 손으로 턱을 괴고 생각에 잠겼다. 창밖의 밤나무 잎이 비를 맞아 촉촉해졌다. 바둑이 어떠한지, 나는 질문했다.

"글쎄요, 미세합니다. 대단히 미세하리라고 생각합니다."

거의 중반에서 중단된 바둑, 하물며 명인의 바둑에 대해 다른 기사가 함부로 승부를 예상할 수는 없다. 나는 그것보다도 명인과 오타케 7단이 바둑을 두는 방식, 즉 이 바둑의 작풍을 감상한다면 한 판을 예술 작품으로 보았을 때의 비평이 듣고 싶었다.

"훌륭한 바둑입니다." 우칭위안은 대답했다.

"글쎄요, 한마디로 말해 두 사람 모두에게 중요한 바둑이니까, 힘껏 공을 들여 단단히 두고 있습니다. 잘못 보거나 놓치는 수가, 서로에게 하나도 없을 테지요. 이런 일은 흔치 않습니다. 훌륭한 바둑이라 봅니다."

"네?"

나는 어쩐지 미흡하여,

"흑이 단단하고 두터운 건 저희도 압니다만, 백도 그런가요?"

"그래요, 명인도 단단히 두고 계십니다. 한쪽이 단단히 두는데 상대도 단단히 두지 않으면, 나중에 무너지고 낭패를 당하겠지요. 시간은 충분하고 중요한 바둑이니까……."

그저 무난한 피상적인 의견일 뿐, 내가 바라는 비평은 나올 것 같지 않았다. 내 질문에 대해 미세한 바둑 형세라고 단정 지은 것은 오히려 대담한 답변인지도 몰랐다.

하지만 명인이 병환으로 쓰러지는 것까지 지켜보며 이 바둑을 대하는 감동도 고조되던 때이기에, 나는 뭔가 정신적인 부분을 언급한 해설이 듣고 싶었던 것이다.

근처 여관에서 문예춘추사의 사이토 류타로가 요양하고 있는 터라, 우리는 돌아가는 길에 들렀다. 사이토는 요전에 우칭위안의 옆방에 있었던 이야기를 했다.

"이따금 쥐 죽은 듯 고요한 한밤중에, 따닥따닥 바둑돌 소리가 들리니 섬뜩했어요."

또한 병문안하러 온 손님을 현관까지 배웅 나가는 우칭위안의 태도가 훌륭하다고, 사이토는 말했다.

명인의 은퇴기가 끝난 지 얼마 안 되어, 나는 우 6단과 미나미이즈의 시모가모 온천에 초대받아 갔다가, 바둑 꿈 이야기를 들었다. 꿈에 묘수를 발견하는 일이 있다고 한다. 잠에서 깨어난 뒤, 형세의 한 부분을 기억하는 일이 있다고 한다.

"바둑을 두면서, 이 바둑은 어딘가에서 본 적이 있는데, 싶은 느낌이 자주 듭니다. 꿈에서 본 바둑일까, 생각합니다." 우 6단은 말했다.

꿈 바둑의 상대도, 오타케 7단인 경우가 가장 많다고 한다.

30

명인은 성 누가 병원에 입원하기 전에,

"내가 병이 나서 잠시 이 바둑을 쉬게 된다 한들 미완성인 바둑을 붙잡고, 백이 낫다 흑이 낫다는 등 제삼자가 멋대로 비평을 해선 곤란하네."라고 했다는 이야기를 들었다. 그 무렵의 명인다운 말이지만, 대국자가 아니고선 도저히 알 수 없는 작전의 흐름도 있으리라.

명인은 이즈음, 반상의 형세에 기대를 품고 있었던 모양이다. 바둑이 끝난 후, 니치니치신문사의 고이 기자와 내게 명인이 언뜻 흘린 말인데,

"입원할 때는 백이 나쁘다고 생각하지 않았어요. 조금 이상하다 싶은 느낌이 없지도 않았지만, 확실히 졌다고는 생각지 않았어요."

흑 99는 중앙 백의 호구이음을 들여다보았고, 백 100으로 이은 것이 입원 전 한 수였는데, 명인은 훗날 강평에서도 이 백 100은 잇지 않고 우변의 흑을 눌러 백집으로 침입하는 것을 막아 두었더라면, "아마 흑도 손쉽게 낙관하기 힘든 국면이었다."라고 했다. 또한 백 48로 하변의 화점에 둘 수 있어, 포석의 "덴노잔(天王山)[33]을 차지한 것은, 백도 불만이 없는 구도라 해야 한다."라면서, 명인은 일찌감치 여기서 "상당히 유망하다."고 보았다. 따라서 "백에게 덴노잔을 양보한 흑 47은 지나치게 단단해 보인다. 우선 완착(緩着)이라는 비난을 면하지 못한다."라고 강평했다.

그러나 오타케 7단은 흑 47로 단단히 두지 않으면 그 자리에 백의 수단이 남는 것이 싫었다고, 대국자의 감상을 말하고

---

33) 승패와 운명을 판가름하는 갈림길. 교토와 오사카의 경계에 있는 산으로 도요토미 히데요시와 아케치 미쓰히데가 싸웠을 때, 이 산의 점령 여부에 따라 승패가 갈린 데서 나온 말이다.

있다. 또한 우 6단의 해설에서는, 흑 47은 정수(正手)[34]이며 두 터운 수법이라 보고 있다.

관전하고 있던 나는 흑이 47로 단단히 잇고 그다음에 백이 하변의 화점, 큰 자리를 차지한 순간, 화들짝 놀랐다. 나는 흑 47의 한 수에 오타케 7단의 기풍을 느꼈다기보다도, 이번 승 부에 임하는 7단의 각오를 느꼈다. 백을 제3선으로 기게 하고 흑47까지의 두터운 벽으로 꽉 눌러 막은 데는, 오타케 7단의 혼신을 쏟은 힘이 깃들어 있는 듯 보였다. 7단은 절대로 지지 않는 바둑, 상대의 술책에 빠지지 않는 바둑을 두기로 힘껏 걸음을 내딛은 것이었다.

중반의 100수 언저리에서 미세한 바둑 형세 혹은 형세 불 명이라면 흑이 당한 것이 되지만, 이것은 오히려 오타케 7단의 몸을 낮추면서도 배짱 두둑한 작전인지도 몰랐다. 두터움은 흑이 앞섰으며 우선 흑집은 확실하여, 앞으로 백 모양을 야금 야금 갉아먹는 7단 특유의 전법으로 넘어갈 터였다.

오타케 7단은 혼인보 조와[35] 명인의 재래라는 말을 들은 적이 있다. 조와는 고금 제일의 '힘 바둑'으로, 슈사이 명인 역 시 조와와 자주 비견되었다. 두텁게 두며 싸움을 주로 하여, 힘으로 적을 비틀어 눌러 버린다. 호방하고 강렬한 기풍이었 다. 위기와 변화가 풍부한 화려한 바둑이 가능하기에, 더욱 아 마추어에게도 인기가 많았다. 그런 두 사람의 힘과 힘이 맞부

---

34) 바둑에서 속임수나 홀림수가 아닌 정당한 법수.
35) 丈和(1787~1847). 12대 혼인보.

딪는 만큼 격전을 거듭하는 격전, 대국 전체를 아우르는 분규 같은 현란한 바둑을 볼 수 있으리라고 아마추어는 짐작했다. 그 기대는 완전히 빗나갔다.

오타케 7단이 슈사이 명인의 특기에 맞서는 건 위험하다고 조심한 것일까. 드넓은 싸움이나 복잡한 상황에 휘말려 들어가지 않도록 명인의 작전 가능성을 힘껏 좁히면서, 자신에게 능숙한 형태로 끌고 가려 애썼다. 백에게 큰 자리를 허용하면서도 차분히 태세를 다졌다. 견고한 바둑은 소극적은커녕, 적극적인 저력이었다. 강한 자신감이 떠받치고 있었다. 꾹 참고 자중하는 듯 보여도 그 안에 힘이 넘쳐나기에, 타고난 기질을 발휘해 예리하게 목표물을 겨누고, 때로는 격렬한 공격을 서슴지 않았다.

하지만 오타케 7단이 아무리 조심했다 한들, 명인이 막무가내로 싸움을 걸 기회는 바둑 한 판의 어딘가에 있었으리라. 백은 처음에도 두 귀까지, 다양한 변화가 펼쳐질 듯한 바둑을 두었다. 백의 외목(外目)[36]에 흑이 3·3[37]으로 들어간 좌상귀에서는, 예순다섯 살의 명인이 마지막 승부 바둑인데도 새로운 수를 둔 것이었다. 역시나 그 귀에서, 마침내 풍운(風雲)이 일었다. 거기서 바둑을 어렵게 만들고자 마음먹으면 가능했다. 그러나 명인도 중요한 바둑이라선지 복잡한 변화의 혼전은 피하고, 간명함을 선택했다. 그러고 나서 중반까지는 대체로 흑

---

36) 바둑판의 3선과 5선의 교차점. 여기서는 백의 18.
37) 바둑판의 3선과 3선의 교차점. 여기서는 흑의 19.

의 바둑을 받아들이게 되었다. 그리고 오타케 7단이 나 홀로 씨름에 힘쓰는 사이, 저절로 미세한 바둑의 형세로 나아갔다.

하긴 이 바둑에서 보여 주는 흑의 방식으로는 바둑이 미세해지기 마련이며, 오타케 7단은 한 집이라도 확실하게 남기려는 것일 테지만, 백의 성공으로 볼 수도 있었다. 명인이 특별한 전략을 구사해서 그런 게 아니다. 흑의 악수(惡手)에 편승한 것도 아니다. 흑이 견실하게 밀고 들어오는 데 따라, 물이 흐르고 구름이 흘러가듯 바둑을 두면서 하변에 유유히 백 모양을 그리다, 어느새 미묘한 승부가 된 것은 명인의 원숙한 경지였을까. 명인의 바둑 실력은 노령으로 쇠퇴하지도 않았고, 병고에 손상되지도 않았다.

31

성 누가 병원에서 세타가야 우나네의 집으로 돌아온 혼인보 슈사이 명인은,

"그러고 보니 7월 8일에 이곳을 떠나 약 팔십 일, 여름부터 가을이 되도록 집을 비운 셈이로군." 이렇게 이야기했다.

명인은 그날 근처를 백여 미터 걸어 보았는데, 요 근래 두 달 사이 가장 먼 걸음이었다. 병원에서 누워 지내다 보니 다리가 허약해졌다. 퇴원 후 두 주일이 지나서야, 겨우 반듯이 앉을 수 있었다.

"난 지금껏 오십 년 동안, 정좌하는 것에 길들었어요. 책상

다리를 하는 게 되레 고역이었는데, 병원에서 침대에 누워만 지내느라 집으로 돌아와선 똑바로 앉지를 못해, 식사 때는 식탁보를 앞으로 늘어뜨리고, 다리를 감추면서 책상다리를 했지요. 책상다리라기보다는, 가느다란 두 다리를 내뻗고 있었던 거지요. 이런 일은 여태까지 한 번도 없었어요. 시합이 시작되기 전까지 오래도록 정좌를 못 하면 큰일이니까, 힘껏 정좌를 연습하고는 있지만 아직 충분하다 할 수는 없어요."

즐기는 경마 시즌도 다가왔는데 심장이 좋지 않은 듯, 명인은 조심스러웠다. 그러나 더 이상 참지를 못하고,

"걷기 연습도 할 겸 후츄로 나가 봤지요. 경마를 보고 있자니 왠지 유쾌해지고, '바둑을 둘 수 있다'는 신기한 힘이 솟구치는 걸 느꼈어요. 그런데 집으로 돌아오면, 역시나 뱃심이 쇠약해졌는지 녹초가 되고 말지요. 그래도 두 번 경마에 갔고, 이젠 바둑을 두는 데 별 지장이 없겠다 싶어, 18일쯤부터 두기로 오늘 결정했어요."

도쿄니치니치 신문의 구로사키 기자가 필기한 명인의 담화이다. 담화에서 '오늘'이란 11월 9일이다. 명인의 은퇴기는 8월 14일 하코네에서 중단된 이후, 꼭 석 달 만에 재개되는 셈이었다. 곧 겨울이 가까워, 대국 장소로 이토의 단코엔이 선택되었다.

명인 부부는 제자인 무라시마 5단과 일본기원의 야와타 간사의 시중을 받으며, 대국 사흘 전 11월 15일 단코엔에 도착했다. 오타케 7단은 16일에 왔다.

이즈에서는 귤나무 산이 아름답고, 바닷가의 여름귤과 등

자나무도 노랗게 물들었다. 15일은 찌푸린 날씨에 쌀쌀했고 16일은 가랑비가 내렸는데, 곳곳에 눈이 왔다고 라디오는 전했다. 그런데 17일은 공기가 달큼한 이즈의 포근한 늦가을 날씨였다. 명인은 오토나시 신사와 연못으로 운동을 나갔다. 산책을 싫어하는 명인에게 보기 드문 일이다.

하코네에서도 대국 전날 밤, 명인은 이발사를 여관으로 불렀는데, 이토에서도 17일에 수염을 깎았다. 하코네에서 그랬듯, 또다시 부인이 뒤에서 명인의 머리를 받치고 있었다.

"여기 이발소에서도 흰머리를 염색해 주는가?" 명인은 이발사에게 중얼거리며, 오후의 정원으로 고즈넉이 눈길을 주었다.

명인은 도쿄에서 흰머리를 염색하고 왔다. 머리를 염색하고 싸움에 나선다는 게 도무지 이 사람한테는 어울리지 않는 것 같지만, 대국 중반에 병환으로 쓰러진 뒤라서 이런 몸차림을 한 것일까.

늘 짧은 머리이던 명인이 지금은 길게 머리를 길러 가르마를 타고, 더구나 까맣게 염색을 한 탓에 어쩐지 우스꽝스러웠다. 그러나 이발사의 면도질에 따라, 명인의 짙은 다갈색 피부가 툭 튀어나온 광대뼈와 함께 훤히 드러났다.

명인의 얼굴은 하코네 때처럼 창백하지도 부어 있지도 않았으나, 그렇다고 충분히 건강해 보이진 않았다.

내가 단코엔에 도착하자마자 명인의 방에 인사하러 가서 안부를 여쭈니,

"흐음, 그게……." 명인은 흐지부지 대답하고,

"이곳에 오기 전날 성 누가 병원에 가서 진찰을 받았는데,

이나다 박사도 고개를 갸우뚱하더군요. 심장이 완전히 좋아진 것도 아니고, 이번엔 가슴막에 물이 조금 차 있다더군요. 게다가 이토에 와서 의사에게 보였더니, 기관지가……. 감기에 걸린 모양이에요."

"네?"

나는 뭐라 할 말이 없었다.

"결국은 이전의 병이 채 낫기도 전에 새로운 병이 두 가지 늘어, 셋이 된 거지요."

일본기원과 신문사 사람들도 함께한 자리였는데,

"선생님, 몸 상태에 대해선 오타케 씨에게 말씀하지 마시고……."

"어째서?" 하고 명인은 의아한 표정을 지었다.

"오타케 씨가 다시 투덜거리기 시작해, 일이 어려워지면……."

"사실이 그런 거니까……. 숨기는 건 좋지 않아."

"여보, 오타케 씨에겐 알리지 않는 편이 좋겠어요. 환자라 했다간, 또다시 하코네 때처럼 싫어할 거예요."

명인은 말이 없었다.

몸 상태가 어떤지를 물으면, 명인은 아무 생각 없이 누구에게나 사실 그대로를 이야기했다.

명인은 평소 즐기는 저녁 반주도, 좋아하는 담배도 딱 끊었다. 하코네에서는 거의 걷지 않았던 명인이, 이토에서는 되도록 바깥으로 나가고 많이 먹으려 힘썼다. 흰머리를 염색하고 온 것도, 그런 결심의 표현인지도 몰랐다.

이 바둑이 끝나면 예년처럼 아타미나 이토 쪽으로 피한을

가는지, 아니면 재차 입원하는지 내가 여쭤자, 명인은 문득 마음을 열어,

"글쎄요, 실은 그때까지 쓰러지느냐 마느냐가 문제인데……."

지금까지 쓰러지지 않고 바둑을 둘 수 있었던 것은, 자신의 '명함' 때문인지도 모르겠다고 했다.

32

단코엔에서는 간밤에 대국실의 다다미를 새로 깔았다. 11월 18일 아침, 그 방에 들어가니 새 다다미 냄새가 났다. 하코네에서 사용한 명반(名盤)을, 고스기 4단이 나라야에서 옮겨 왔다. 명인과 오타케 7단이 자리를 잡고 바둑통의 뚜껑을 열자, 흑돌에 여름 곰팡이가 피어 있었다. 여관의 지배인과 종업원까지 거들어, 그 자리에서 곰팡이를 닦았다.

명인의 백 100의 봉수가 열린 것은 오전 10시 반이었다.

흑 99로 중앙 백이 호구로 이은 자리를 들여다보았고, 백 100은 이음이었다. 하코네에서의 마지막 날은, 명인의 이 한 수뿐이었다. 대국이 끝난 후에 명인은,

"백 100으로 이은 수는 병이 악화되어 입원하기 직전에 둔 한 수이긴 하나, 다소 생각이 부족했다는 아쉬움이 있다. 여기는 손을 빼고[38] '18의 十二'로 꽉 막아, 우하귀의 백집을 굳건

---

[38] 상대의 공격적인 착수에 응수하지 않고 다른 방면에 두는 것.

히 지켜야 했다. 흑은 일단 들여다본 이상, 으레 끊어야만 했을 테지만, 끊겨도 백은 그다지 고통은 없었다. 백 100으로 집을 지키고 있었다면, 흑은 아마도 손쉽게 낙관할 수 없는 형세였을 것이다."라고 강평했다. 그러나 백 100은 나쁜 수가 아니며, 이 한 수로 형세가 불리해진 것도 아니다. 오타케 7단은 명인이 당연히 이어 줄 거라는 생각에 들여다본 것이고, 제삼자도 명인이 당연히 이을 것이라 보았다.

그렇다면 백 100이 봉수라고는 해도, 오타케 7단은 석 달 전에 이미 알고 있었을 터이다. 다음의 흑 101은 우하의 백집을 침범해 가는 수밖에 없다. 더구나 우리 아마추어들에겐 두 갈래를 한 칸 뛰는 한 수밖에 없는 듯 보인다. 그런데 오타케 7단은 12시 점심시간까지 두지 않았다.

점심시간에 명인은 정원으로 나왔다. 이 역시 드문 일이다. 매화 가지도 솔잎도 반짝였다. 팔손이나무며 털머위의 꽃이 피어 있었다. 오타케 7단의 방 아래 동백나무에는, 쭈글쭈글 철 이른 꽃 한 송이가 피어 있었다. 명인은 멈춰 서서 그 동백꽃을 바라보았다.

오후 대국실의 장지문에 소나무 그림자가 비쳤다. 동박새가 와서 울었다. 마루 끝 연못에 커다란 잉어가 있었다. 하코네의 나라야는 비단잉어였지만, 이 여관은 보통 잉어였다.

한참 시간이 지나도 7단이 흑 101의 수를 두지 않는 터라 웬만한 명인도 기다리는 데 지쳤는지, 조용히 잠자는 듯 눈을 감았다.

관전하는 야스나가 4단도,

"어려운 곳이긴 합니다." 중얼거리고는, 책상다리를 한 채 눈을 감고 말았다.

뭐가 그리 어려운 것일까? '18의 十三'으로 한 칸 뛰는 한 수인데 7단은 일부러 두지 않고 버티는 건 아닌가 싶게 나는 의심스러웠고 관계자들도 조바심을 쳤는데, '18의 十三'으로 뛸까 '18의 十二'로 길까 어지간히 망설였노라고, 7단은 대국자의 감상을 이야기했다. 명인도 어느 쪽이건 "득실은 난해한 부분이다."라고 강평에서 말했다. 그렇다고는 해도 바둑을 재개한 첫 한 수에 오타케 7단이 3시간 반을 사용한 것은, 아무래도 기이한 느낌이었다. 이 한 수에 가을 해가 기울고, 전등이 켜졌다.

명인은 고작 5분 만에 백 102를, 흑이 한 칸 뛴 사이로 찔렀다. 흑 105에 7단은 다시 42분 생각했다. 이토에서 첫째 날은 다섯 수 두었을 뿐, 흑 105가 봉수가 되었다.

이날의 소비 시간은 명인이 단 10분인 데 비해, 오타케 7단은 4시간 14분이었다. 대국 시작부터 합하면 흑은 21시간 20분으로, 전례 없는 제한 시간 40시간의 절반을 넘었다.

입회자인 오노다 6단과 이와모토 6단은 일본기원의 승단 대회에 나가 있어, 이날은 모습을 보이지 않았다.

"요즘 오타케 씨의 바둑은 어둡군요."라고 이와모토 6단이 말하는 걸, 나는 하코네에서 들은 적이 있다.

"바둑에도 어둡다, 밝다가 있습니까?"

"그럼요, 있고말고요. 바둑 성격의 색깔이지요. 바둑이 우울한 겁니다. 어두운 느낌이 있습니다. 어둡다, 밝다, 이건 물

론 승패와는 상관이 없으니까, 오타케 씨가 약해졌다는 말은
아닙니다만……"

오타케 7단은 일본기원의 봄 승단 대회에서는 여덟 판 전
패. 그러나 명인의 은퇴기 상대자를 뽑는 선수권 시합인 신문
바둑에서는 전승을 거두었는데, 기분이 언짢아지리만큼 짝짝
이 성적이었다.

명인을 상대하는 흑의 바둑도 밝다고는 할 수 없었다. 땅
깊숙이에서 뻗쳐오르듯, 숨을 죽인 채 소리치는 듯 갑갑한 인
상을 주었다. 힘이 응결되어 부딪칠 뿐, 자유로운 흐름은 아닌
것 같았다. 출발이 가볍지 않고, 뒤에서 야금야금 갉아 가는
방식 같았다.

기사의 성격도 크게 두 가지로 나뉜다고 들었다. 자기 스스
로 부족하다 부족하다고 여기며 두는 사람, 그리고 충분하다
충분하다고 여기며 두는 사람. 예컨대 오타케 7단이 전자라
면, 우칭위안 6단은 후자이다.

부족하다는 유형인 7단은 스스로도 대단히 미세하다고 하
는 이 바둑에서, 확실한 예측을 세우지 않고는, 한 수도 가벼
이 둘 수 없으리라.

33

이토에서 첫날을 보내고, 결국 분규가 일었다. 다음 대국 날
짜도 정할 수 없을 정도로 뒤틀리고 말았다.

하코네 때와 마찬가지로 명인의 병환으로 인해 대국 조건 변경을 요구했으나, 오타케 7단이 받아들이지 않았다. 7단은 하코네에서보다도 완고했다. 하코네에서 된통 질렸기 때문이기도 하리라.

다툼의 내막을 관전기에 쓸 수 없었기에 나는 정확히 기억을 못 하지만, 문제는 대국 일정이었다.

중간에 나흘 건너 닷새째마다 대국한다는 처음 약속은, 하코네에서는 그대로 실행되었다. 나흘간은 휴양을 위한 것인데, 여관에 통조림처럼 틀어박힌 생활이 오히려 연로한 명인에게 피로를 가중시켰다. 명인의 병환이 한층 심해진 뒤 나흘 휴식을 줄이자는 이야기도 나왔지만, 오타케 7단은 줄곧 거절해 왔다. 하코네의 마지막 날을 하루 앞당겨 나흘째에 대국이 이어졌을 뿐이다. 그러나 그날은 명인이 딱 한 수만 두었다. 대국 날짜 약속은 지켜졌어도, 오전 10시부터 오후 4시까지라는 약속은 끝내 깨졌다.

명인의 심장 질환은 이미 지병인지라 언제 완치될지 알 수 없기에 성 누가 병원의 이나다 박사도 이토로 가는 것을 마지 못해 허락했을 테지만, 가능하면 한 달 이내에 대국을 끝내기를 바랐다. 이토에서의 첫째 날, 명인이 바둑판 앞에 앉아 있는 동안 눈꺼풀이 조금씩 부어올랐다.

명인은 건강에 대한 염려 때문에 하루빨리 편안해지고 싶다. 신문사로서도 독자들에게 인기 있는 이 바둑을, 어떡하든지 마저 두게 하고 싶다. 질질 끌게 되면 위험하다. 대국 날 사이의 휴식을 줄이는 수밖에 없다. 하지만 오타케 7단은 쉽사리 응하지 않았다.

"오타케 씨의 오랜 친구인 제가 부탁해 보겠습니다." 하고 무라시마 5단이 말했다.

무라시마도 오타케도 간사이의 소년 기사로 도쿄로 나와, 무라시마는 혼인보 문하에 들어갔고 오타케는 스즈키 7단의 문하생이 되었다. 오랜 친분도 있고 동료 기사끼리 교류한다는 점에서, 무라시마 5단은 자신이 조리 있게 부탁하면 오타케 7단이 이해해 줄 거라고 낙관한 모양이었다. 하지만 무라시마 5단은 명인의 건강이 좋지 않은 것까지 다 밝히고 이야기한 탓에, 거꾸로 오타케 7단을 강경하게 만드는 결과가 되었다. 명인의 병환을 자신에게 숨기고 또다시 환자와 바둑을 두게 하는 거냐고, 7단은 관계자들에게 말했다.

명인의 제자인 무라시마 5단이 대국 중인 여관에 숙박하면서 명인을 만난다는 사실을 들어, 승부의 신성함을 손상시키는 거라고 오타케 7단은 비위가 상했으리라. 명인의 제자이자 7단의 매부인 마에다 6단은 하코네에 와서도, 명인의 방에는 있지 않았고 다른 여관에 묵었다. 엄숙한 대국 조건을 우정이나 인정에 얽매여 바꾸려 하는 것에도, 7단은 속이 편치 않았으리라.

무엇보다도 연로한 환자와 다시 싸우는 것이, 7단은 싫었으리라. 그 상대가 명인이라는 점도 7단의 입장을 더욱 어렵게 했다.

이야기가 뒤틀리고 말아, 오타케 7단은 대국을 계속할 수 없다는 말을 꺼냈다. 하코네 때와 마찬가지로 부인이 히라쓰카에서 아이를 데리고, 7단을 달래러 왔다. 도고라는 손바닥 요법 치료사도 불러들였다. 이 사람의 치료를 오타케 7단이 동료들에게도 추천한 바 있어, 도고는 기사들 사이에 알려져 있었다. 7단은 도고의 치료에 푹 빠져 있을 뿐만 아니라, 생활 면에서도 도고의 의견을 중히 여기는 모양이었다. 도고는 얼핏 수행자 같았다. 매일 아침 법화경을 읽는 7단은 매달리듯 깊이 사람을 믿는 구석이 있었다. 은의(恩義)가 두터운 기질이기도 했다.

"도고 씨의 말이라면, 오타케 씨는 틀림없이 들을 거예요. 도고 씨는 계속 두라는 의견인 듯한데……"라고 관계자가 말했다.

오타케 7단은 내게 좋은 기회니까, 도고에게 진찰을 받아 보라고 권했다. 친절하고 열심이었다. 7단의 방으로 가니 도고는 내 몸을 손바닥으로 살피고,

"안 좋은 데가 하나도 없습니다. 가늘지만 장수하십니다." 라고 단박에 말한 다음, 잠시 내 가슴에 손바닥을 향했다. 내가 직접 만져 보니, 오른쪽 가슴 위만 두툼한 솜옷이 따뜻해져 있었다. 신기했다. 도고는 손바닥을 가까이 갖다 댈 뿐 나를 만진 건 아니고, 좌우 똑같이 하는데도 솜옷의 오른쪽 가슴이 따뜻해지고 왼쪽은 차가웠다. 도고의 말로는, 오른쪽 가슴의 독소 같은 게 치료에 의해 밖으로 나가는 온도였다. 나는 여태 폐와 가슴막의 자각 증상이 없었고 뢴트겐 사진에서도 이상이 없었지만, 오른쪽 가슴이 답답하게 느껴질 때가 있었으니 언젠가 가벼이 앓았는지도 모른다. 그 후유증으로 오

른쪽 가슴에 도고의 손바닥 효험이 나타났다고는 해도, 두툼한 솜옷을 통과해 따뜻해진 데에 나는 깜짝 놀랐다.

도고는 내게도 이 바둑은 오타케 7단의 중대한 사명이라 말하고, 만약 포기하는 일이 생긴다면 7단은 세상의 지탄을 받게 되리라고 했다.

명인은 관계자들과 7단 사이에 진행되는 협상의 결과를 그저 기다릴 뿐, 할 일이 없었다. 자세한 이야기는 아무도 명인에게 귀띔해 주지 않으므로, 상대가 바둑을 포기한다고 할 만큼 일이 꼬인 줄은 알지 못했으리라. 하지만 덧없이 날이 지나가니 안타까울 따름이다. 명인은 기분 전환을 위해 가와나 호텔에 가기도 했다. 내게도 함께 가자고 했다. 다음 날은 내가 오타케 7단을 불러냈다.

포기한다는 말을 하고서도 7단은 집으로 돌아가지 않고 대국 장소인 여관에 머물러 있는 터라, 결국은 주위 사람이 달래는 말을 듣고 양보하리라고 나는 내다보았다. 역시나 그렇게 되어 사흘째마다 대국을 하고, 대국 날 바둑의 중단은 오후 4시에 하기로 결정된 것이 23일이었다. 18일에 중단된 후 닷새 만에 해결을 보았다.

하코네에서도 닷새째마다의 대국이 나흘째로 변경되었을 때,

"난 사흘 휴식으론 피로가 풀리지 않아. 하루 2시간 반으로는, 정신을 집중할 수가 없어."라고 7단은 말했다. 그런데 이번엔, 중간에 이틀 휴식으로 줄었다.

34

하지만 겨우 타협을 본 순간, 다시 암초에 부딪혔다.

이야기가 잘 마무리되었다는 소식을 들은 명인은 관계자에게,

"곧바로 내일부터 시작합시다."라고 했다. 그런데 오타케 7단은 내일 하루 쉬고, 모레부터 두겠다고 했다.

명인은 기분이 상한 채로 이제나저제나 기다려왔던 터라, 일단 두기로 했으면 의욕이 앞서 당장이라도 두고 싶다. 단순하게 밀어붙였다. 하지만 7단은 복잡하고 조심스러웠다. 며칠씩 이어진 실랑이에 머리가 흐물흐물 지쳤으니, 기분을 잘 다스려 대국 재개를 위한 마음가짐을 새로이 하고 싶다. 두 사람의 성격 차이였다. 또한 7단은 얼마 전부터 마음고생 탓에 배탈이 났다. 더구나 여관에 데리고 온 아이가 감기에 걸려 열이 높았다. 자식을 끔찍이 아끼는 7단은 몹시 걱정했다. 도저히 내일은 둘 수가 없다.

그러나 진행 담당자들로선, 지금까지 명인을 무작정 기다리게 한 것은 엄청난 실수였다. 일껏 의욕을 보이는 명인에게, 오타케 7단의 사정으로 다시 하루를 연기한다는 말은 할 수 없었다. 명인이 내일부터라고 한 말은 절대적인 것이었다. 명인과 7단의 지위 차이도 있기에, 7단을 설득하러 나섰다. 7단은 분노했다. 신경이 곤두서 있을 때인지라, 더욱 좋지 않았다. 7단은 이 바둑을 포기하겠다고 선언했다.

일본기원의 야와타 간사와 니치니치신문의 고이 기자는

2층 작은 방에 아무 말 없이, 녹초가 된 듯 우두커니 앉아 있었다. 더 이상 손쓸 도리가 없어 내팽개치고 싶은 기색이었다. 두 사람 모두 말수가 적고 말솜씨가 서툰 편이었다. 저녁 식사 후, 나도 그 방에 있었다. 여관의 종업원이 나를 찾아와,

"오타케 선생님이 우라가미 선생님께 드릴 말씀이 있다고 하시며, 다른 방에서 기다리십니다."

"나한테……?"

나는 뜻밖이었다. 두 사람도 나를 보았다. 내가 종업원의 안내를 받아 가니, 널찍한 방에 오타케 7단이 혼자 앉아 있었다. 화로가 있었지만 썰렁했다.

"오시라고 해서 죄송합니다. 선생님께는 오랫동안 여러모로 신세를 졌습니다만, 저는 아무래도 이 바둑을 그만둬야 할 것 같습니다. 이런 식으로는, 도저히 상대를 할 수 없습니다." 하고 7단은 대뜸 말을 꺼냈다.

"네……?"

"그래서 선생님께는 직접 뵙고, 인사를 드려야겠다 싶어서……."

나는 관전 기자에 불과해 굳이 인사를 받을 입장은 아니지만 새삼스레 인사를 받고 보니, 서로에 대한 호의의 표시로서 내 입장도 조금 달라졌다. 그렇습니까, 하고 마냥 흘려들을 수만도 없다.

하코네 이후의 분규를 나는 그저 방관할 뿐, 내가 관여할 일이 아니어서 전혀 참견을 하지 않았다. 지금도 7단은 내게 의논하는 것이 아니라 보고를 하는 것이다. 하지만 둘이서 마

주 앉아 7단의 고충을 듣고 있는 동안, 비로소 나는 의견을 말해도 좋겠다, 조정이 가능하다면. 이렇게 마음이 움직였다.

나는 대체로 이런 이야기를 했다. 즉 슈사이 명인 은퇴기의 상대로서 오타케 7단은 자기 혼자 힘으로 싸우고 있지만, 그럼에도 오타케 개인이 싸우고 있는 게 아니다. 다음 시대의 선수로서, 역사의 흐름을 잇는 대표로서 명인과 싸우는 것이다. 오타케 7단이 선발되기까지는 약 일 년에 걸친 '명인 은퇴기 도전자 결정전'이 있었다. 우선 6단진에서 구보마쓰, 마에다가 우승해 스즈키, 세고에, 가토, 오타케 등 7단진에 더해져 여섯 명의 리그전이 벌어졌다. 오타케 7단은 다섯 명에게 전승했다. 옛 스승인 스즈키와 구보마쓰, 두 사람도 쓰러뜨렸다. 스즈키 7단은 한창 왕성하게 바둑을 둘 무렵, 명인에게 정선(定先)[39]으로 더 많이 이겨 호선(互先)[40]이 될 듯한 것을, 명인이 피하고 말아 평생토록 못내 미련이 남는다고 한다. 이 연로한 스승에게 바로 지금 한 번 더 명인과 싸울 기회를 주고 싶은 것이 제자의 인정일 수도 있건만, 오타케 7단은 스즈키 7단을 꺾었다. 또한 마지막 우승을 다툰 것은 나란히 4승을 한 구보마쓰와 오타케, 사제간이었다. 그러고 보면 오타케 7단은 스승 두 사람을 대신해, 명인과 맞서고 있다는 의미도 된다. 스즈키나 구보마쓰 같은 원로보다도, 젊은 오타케 7단이 분명히 현역을 대표하는 기사다. 그리고 오타케 7단의 둘도 없는 옛

---

39) 바둑에서 항상 흑을 쥐고 선(先)으로 두는 조건.
40) 맞바둑.

벗이자 맞수인 우칭위안 6단은 어깨를 나란히 하는 대표자이겠으나, 오 년 전에 명인과 신포석으로 싸워 패했다. 우칭위안도 선수권을 가졌다 한들 그때는 5단이었으니 명인에게 선(先)은 진정한 치수(置數)[41]가 아니며, 명인의 은퇴기 같은 건아니었다. 그에 앞서 있었던 명인의 승부 바둑은 십이삼 년을거슬러 올라, 가리가네 7단이 상대자였다. 하지만 일본기원과기세이샤의 대항전이었고, 가리가네 7단은 명인의 숙적이긴해도 오래전에 이미 패한 바 있다. 명인이 또 이겼다는 것뿐이었다. 그리하여 '불패의 명인'에게 마지막 승부 바둑이 이 은퇴기다. 가리가네 7단이나 우 6단을 상대한 바둑과는 의미가 다르다. 오타케 7단이 명인에게 이길지라도 곧바로 다음 명인을문제 삼게 되진 않을 테지만, 은퇴기는 시대의 전환점이자 시대의 교체가 이루어지는 지점으로, 이후의 바둑계에 새로운활기가 일어난다. 은퇴기의 중단은 역사의 흐름을 가로막는것 같은 일이다. 오타케 7단의 책임이 이렇듯 무거운데, 자기한 사람의 감정이나 사정 때문에 포기해서야 되겠는가. 오타케 7단이 명인의 지금 나이가 되려면, 아직 삼십오 년이 남았다. 즉 7단이 세상에 태어나 지금까지 살아온 것보다도, 오 년이 더 길다. 바둑의 융성기를 맞은 일본기원 안에서 자란 7단과 비교할 때, 명인이 오래전 겪은 고생은 차원이 다르다. 메이지 초창기부터 발흥, 그리고 근년의 융성기까지를 여하튼 짊어져 온 명인은 바둑계의 제일인자다. 그 육십오 년 삶의 은퇴

---

41) 바둑에서 흑을 쥐고 먼저 둘 사람을 정하는 기준.

기를 완성시키는 것이, 후계자의 길이 아닌가. 하코네에서 환자의 변덕스러움이 좀 있었으나, 노인은 용케 병고를 견디며 대국을 이어 나갔다. 아직 몸 상태가 좋지 않은데도, 이토에서 대국을 끝낼 요량으로 흰머리도 염색하고 왔다. 목숨까지 걸었으리라. 그런데 젊은 상대가 바둑을 포기했다 하면, 세상의 동정심은 명인에게 쏠리고 오타케 7단은 비난의 대상이 된다. 7단에게 정당한 이유가 있다 해도 서로 자기 입장을 내세우며 결말이 나지 않는 논쟁이나 진흙 싸움으로 끝나, 사건의 진상을 세상 사람들이 알 리 만무하다. 역사적인 은퇴기인 만큼, 오타케 7단의 포기도 바둑 역사에 남는다. 무엇보다도 7단에게는 다음 시대의 책임이 있다. 여기서 포기한다면, 대국이 끝난 상황을 가정한 승패의 이런저런 억측만이 시끌시끌하고 추악한 소문으로 떠돌 것이다. 병을 앓는 노쇠한 명인의 은퇴기를, 젊은 후진이 방해해서야 되겠는가.

띄엄띄엄 말이 끊겼지만, 나로선 여러 가지를 이야기했다. 그러나 7단은 움직이지 않았다. 바둑을 두겠다는 말은 하지 않았다. 물론 7단에게는 정당한 이유가 있고, 인내와 양보를 거듭하면서 불만이 잔뜩 쌓여 있다. 이번에도 양보를 했건만, 이쪽 사정은 생각지도 않고 내일부터 바둑을 두라는 식이다. 이런 상황에서는 제대로 둘 수 없으므로, 두지 않는 편이 양심적이다.

"그럼, 하루 연기해서 모레부터라면 괜찮습니까?" 하고 나는 물었다.

"네, 그렇지만 이미 틀렸습니다."

"모레라면, 오타케 씨는 괜찮은 거지요?"

나는 다짐을 두었다. 하지만 명인에게 이야기해 보겠다는 말은 하지 않고, 오타케 7단과 헤어졌다. 7단은 내게 포기하겠다며 거듭 사과했다.

나는 관계자들이 있는 방으로 돌아갔다. 고이 기자는 팔베개를 하고 드러누운 채,

"오타케 씨가 바둑을 안 두겠다고 했지요?"

"네, 그 말을 제게 해 둔다고 하더군요."

야와타 간사도 통통한 등을 구부리고, 탁자에 기대어 있었다.

"하지만 하루 연기하면 괜찮다고 하니까, 제가 명인에게 하루 연기해 주실 수 있는지 부탁해 볼까요?" 하고 나는 말했다.

"내가 직접 명인에게 말씀드려도 괜찮습니까?"

명인의 방으로 가서 앉자마자,

"실은 선생님께 부탁이 있습니다만……." 하고 나는 말을 꺼냈다.

"제가 이런 부탁 말씀을 드릴 처지도 못 되고 주제넘은 일이긴 합니다만, 내일 대국을 모레로 연기해 주실 수는 없는지요? 오타케 씨가 하루만 연기해 주십사 그러더군요. 여관에 데려온 아이가 아파서 열이 심한 탓에 오타케 씨가 걱정을 하는 데다, 오타케 씨 본인도 배탈이 났다고 하니……."

명인은 얼떨떨한 표정으로 듣고 있다가,

"좋습니다." 하고 선선히 말했다. "그렇게 하지요."

나는 문득 눈물이 그렁그렁 고였다. 나는 예상치 못했다.

볼일은 싱겁게 마무리되었지만 나는 곧장 자리를 뜨지는

못하고, 명인 부인과 이야기를 조금 나누었다. 명인은 날짜 연기에 대해서건 상대자 오타케 7단에 대해서건, 이후 한마디도 하지 않았다. 하루 연기하는 것쯤이야 별일 아닐 수도 있겠지만, 명인은 지금껏 이제나저제나 기다리다가 드디어 내일이라는 태세가 꺾이는 것이니, 승부를 겨루는 기사에겐 별일 아닌 게 아니다. 관계자들이 명인에게 이야기를 꺼내지 못했을 정도다. 내가 부탁하러 온 데에는 어지간히 막부득이한 사정이 있겠거니 하고 명인도 헤아렸을 게 틀림없지만, 명인의 무심한 승낙은 내 가슴에 스며들었다.

나는 관계자들의 방에 가서 알리고, 오타케 7단의 방으로 갔다.

"명인은 하루 연기해서, 모레라도 괜찮다고 하십니다."

7단은 뜻밖인 모양이었다.

"이렇게 명인은 오타케 씨에게 하나 양보하셨으니, 다음에 무슨 일이 있을 때는, 오타케 씨도 명인에게 양보해 드리세요."
라고 나는 말했다.

아픈 아이의 이부자리에서 병간호를 하던 부인이, 내게 정중히 고마움을 전했다. 방은 어지럽혀져 있었다.

35

약속 날인 모레 11월 25일, 18일부터 이레 만에 바둑이 재개되었다. 입회인인 오노다 6단과 이와모토 6단도, 일본기원의 승단 대회에 짬이 생겨 전날 밤에 와 있었다.

명인은 붉은 비단 방석에 자줏빛 사방침을 놓고, 마치 승려처럼 앉아 있었다. 혼인보 가계는 명인 고도코로(碁所)[42] 초대인 닛카이, 즉 산샤 이래 승적을 지닌다.

"지금의 명인도 불문에 드시어, 니치온이라는 승명으로 가사(袈裟)를 갖고 계십니다." 하고 야와타 간사가 말했다. 대국실에는 '생애일편산수(生涯一片山水)'라는 한포(半峰)[43]의 액자가 걸려 있었다. 오른쪽으로 기울어진 글씨를 보면서, 나는 이 다카다 사나에 박사가 위독한 상태라고 신문에 난 기사를 떠올렸다. 또 다른 액자는 미시마 다케시 박사의 이토십이승기(伊東十二勝記), 그 옆방에는 탁발승의 방랑시 족자가 걸려 있었다.

명인 곁에는 큼직한 타원형 오동나무 화로, 그리고 감기 기운을 염려해, 뒤쪽에는 직사각형 나무 화로를 놓아 수증기를 피웠다. 7단이 흔쾌히 권하는 대로 명인은 목도리를 한 채, 안감이 털실이고 겉은 코트 같은 방한복을 걸쳤다. 미열이 있다고 한다.

흑 105의 봉수를 열고 명인은 백 106을 2분 만에 두었으나, 오타케 7단은 다시 장고에 들어가,

"거참 묘하군. 시간 종료야. 잘난 호걸도, 40시간에 시간 종료라니 놀랍군. 개벽 이래 처음인걸. 헛되이 시간을 보내나.

---

42) 에도 시대, 바둑계를 관리·운영하는 사람의 칭호. 명인에게만 허용되었다.
43) 교육자, 정치가였던 다카다 사나에(高田早苗, 1860~1938)의 호.

1분에 너끈히 둘 수도 있는데." 하고 헛소리처럼 중얼거렸다.

흐린 날씨에 제주직박구리가 연신 울어 댔다. 복도로 나가 보니, 연못가에 철쭉 두 송이가 흐드러지게 피어 있었다. 꽃봉오리도 있었다. 노랑할미새가 복도 가까이 다가왔다. 온천물을 끌어 올리는 모터 소리가 저 멀리 들린다.

7단은 흑 107에 1시간 3분을 썼다. 흑 101로 우하 백 모양을 침범한 수가 선수(先手) 14, 15집, 흑 107로 좌하귀에 집을 넓힌 수가 후수(後手) 약 20집, 이 큰 실리는 둘 다 흑에게 돌아갈 거라고 모두 보고 있었는데, 역시나 흑의 수순으로 귀착되었다.

그러나 여기서 백에게 선수가 돌아왔다. 명인은 엄한 표정으로 눈을 감은 채 조용히 호흡을 가다듬었고, 얼굴이 어느새 적동(赤銅) 빛깔로 상기되었다. 볼살이 실룩실룩 움직였다. 바람이 이는 소리, 스님이 북 치며 지나는 소리도 들리지 않는 모양이었다. 그래도 명인은 47분 만에 두었다. 명인이 이토에서 보여 준 단 한 번의 장고였다. 그런데 다음 흑 109에서 오타케 7단은 또다시 2시간 43분을 쓰고, 그것이 봉수가 되었다. 이날은 겨우 네 수밖에 나가지 못했다. 소비 시간은 7단이 3시간 46분인데, 명인은 고작 49분이었다.

"여기가 중요한 고비다 싶은 자리가, 끊임없이 나오는군. 살인적이야." 점심시간에 자리를 뜨면서, 7단은 농담처럼 말했다.

백 108은 좌상귀의 흑을 위협하고 중앙 흑의 두터움을 지운다는 두 가지 의미와 더불어, 좌변 백의 수비를 겸한 맛이 좋은 수였다. 우칭위안의 해설에도,

"이 백 108은 매우 어려운 곳이다. 과연 이 수가 어디에 놓일지, 우리도 상당히 흥미롭게 지켜보았다."라고 했다.

36

중간에 이틀 쉬고 사흘째 대국 날 아침, 명인도 7단도 두 사람 모두 배가 아프다고 했다. 오타케 7단은 그래서, 5시부터 깨어 있었다 한다.

흑 109의 봉수를 두기 바쁘게 7단은 곧장 하카마를 벗고 나갔는데, 자리에 돌아오자마자 백 110을 보고는 "벌써 두셨어요?" 하고 놀랐다.

"자리를 뜬 사이 실례를……." 명인이 말했다. 7단은 팔짱을 낀 채 바람 소리를 듣고,

"아직 겨울바람이 아닌가요? 이제 겨울바람이라 해도 되겠지요. 11월 28일이니까."

간밤의 서풍은 아침 무렵부터 잦아들었지만, 이따금 하늘을 건너갔다.

백 108이 좌상귀의 흑을 노려보는 터라 7단은 흑 109, 흑 111로 지켜서 완전히 살았다. 이 귀의 흑 형태는 백이 침입하면 죽든지 패가 나든지, 사활 문제처럼 여러 다양한 변화가 있어 어려운 곳이었다.

"아무래도 이 귀를 손질해 둬야겠지요. 오래된 빚이니까. 빚에는 엄청 이자가 붙으니까." 흑 109의 봉수를 열었을 때, 오타

케 7단은 이렇게 말했다. 그리고 이 귀의 수수께끼도 흑이 해
소하여 평온해졌다.

오늘은 드물게도, 오전 11시 전에 다섯 수 나아갔다. 하지만
흑 115는 드디어 승패를 걸고, 백의 큰 모양을 흑이 지워갈 때
이므로, 7단은 쉽사리 둘 턱이 없다.

명인은 흑의 수를 기다리면서, 아타미의 주바코나 사와쇼
같은 장어 식당 이야기를 시작했다. 기차가 요코하마까지만
가니까 그다음부터는 가마를 탔고, 오다와라에서 하룻밤 묵
은 뒤 아타미에 왔다는 옛이야기도 나왔다.

"내가 열세 살쯤이던 오십 년 전……."

"옛날이야기네요. 우리 아버지가 막 태어났을 무렵……." 하
고 오타케 7단은 웃었다.

7단은 생각하는 사이, 배가 아프다면서 두세 번 일어섰다.
자리를 비웠을 때 명인은,

"상당히 끈기가 있군. 벌써 1시간 넘었겠지요?"

"곧 1시간 반입니다." 하고 기록계 소녀가 대답하는데, 정오
사이렌이 울렸다. 소녀는 자랑스러워하는 스톱워치로 길게 이
어지는 사이렌을 재어 보고는,

"딱 1분간 울려요. 소리가 가늘어질 때가 55초예요."

자리에 돌아온 7단은 살로메틸 연고를 이마에 바르고, 손
가락을 조여 소리를 냈다. 스마일 안약도 곁에 두었다. 이래
서는 12시 30분 점심시간까지는 두지 않겠다 싶었는데, 12시
8분에 돌 소리도 크게 두었다.

사방침에 기대어 있던 명인은,

"으음." 하고 얼결에 중얼거렸다. 앉음새를 고쳐 턱을 끌어당기고 윗눈꺼풀을 올린 채, 뚫어지듯 바둑판을 보았다. 명인의 눈두덩은 두두룩하고, 속눈썹부터 눈동자에 이르는 깊은 선은 그 응시를 투명하니 밝혔다.

어디까지나 견고한 흑 115이지만, 백은 강력히 가운데 집을 지켜야만 한다. 점심시간이 되었다.

오후에 일단 바둑판 앞에 앉았다가 오타케 7단은 방으로 돌아가, 목 안에 약을 바르고 왔다. 약 냄새가 났다. 안약도 넣었다. 손난로를 두 개 품에 넣었다.

백 116은 22분, 그리고 나서 백 120까지는 빨랐다. 백 120으로 온건하게 늦춰 받는 것이 보통 형(形)인데, 명인은 맛이 나쁜 빈삼각으로 엄하게 막았다. 승부처의 기합이다. 늦추면 한 집 이상 손해이므로, 이런 미세한 바둑에선 양보할 수 없다. 게다가 미묘한, 승패의 갈림길일지도 모르는 한 수에 명인은 단 1분이라니, 적의 간담이 서늘해진다. 더군다나 백 120을 두기 바쁘게, 명인은 목산(目算)을 시작한 게 아닌가! 머리가 잔잔히 흔들리듯 바둑판의 집을 재빨리 읽으며 셈을 해 나가는 그 목산은, 기분이 언짢아질 정도다.

한 집 안팎의 승부라는 소문도 있었다. 여기서 백이 두 집 정도 버텨낸다면, 흑도 강하게 나가야만 한다. 오타케 7단은 몸부림을 치고, 그 동그스름한 동안에 처음으로 푸른 핏줄이 섰다. 부채 소리가 거칠고 초조했다.

추위를 많이 타는 명인조차 부채를 펼쳐, 신경질적으로 부쳐 댔다. 나는 차마 두 사람을 지켜볼 수가 없다. 마침내 명인

은 지그시 긴장을 늦추고 편안한 모습이 되었다. 둘 차례인 7단은,

"생각하자면 끝이 없어. 더워졌군요. 실례하겠습니다." 하고는 겉옷을 벗어 던졌다. 이에 덩달아 명인도 두 손으로 옷깃을 뒤로 들어 올리고, 목을 쑥 내밀었다. 우스꽝스러운 몸짓이었다.

"덥다, 더워! 다시 길어졌는걸. 어떡하나. ……나쁜 수를 둘 것 같은데. 문제를 일으킬 것 같은데." 오타케 7단은 조급해지는 마음을 억누르는 듯했다. 1시간 44분의 장고로, 오후 3시 43분에 흑 121의 수를 봉했다.

이토에서 바둑이 재개된 이래 사흘간의 대국에서 흑 101부터 흑 121까지 21수, 소비 시간이 흑 11시간 48분인 데 반해 백은 단지 1시간 37분이었다. 보통 바둑이라면, 오타케 7단은 겨우 11수만으로 제한 시간 종료다.

이처럼 백과 흑의 엄청난 시간 격차는 명인과 7단의 심리적인 무엇, 생리적인 무엇이라고밖에 여겨지지 않는다. 사실 명인도 오래도록 공들이는 기풍을 지녔다.

37

밤마다 서풍이 일었다. 그러나 12월 1일 대국 날 아침은, 어딘가에 아지랑이가 어른거리는 듯 화창했다.

명인은 어제 낮, 장기를 두고 나서 시내에 나가 당구를 치기

도 했다. 밤에는 11시까지 이와모토 6단, 무라시마 5단, 야와타 간사들과 어울려 마작을 했다. 오늘 아침은 8시 전에 일어나, 정원을 걸었다. 정원에 고추잠자리가 떨어져 있었다.

오타케 7단의 방은 2층인데, 그 아래 단풍나무는 아직 절반이 파랬다. 7단은 7시 반에 일어났다. 복통이 너무 심해 쓰러질지도 모르겠다고 했다. 책상 위에는 약이 열 종류나 놓였다.

연로한 명인은 그럭저럭 감기가 나은 것 같은데, 젊은 7단의 몸은 여기저기 고장이 난 모양이다. 명인보다 7단이 오히려 신경질적인 것은, 두 사람 몸집의 겉보기하곤 다르다. 명인은 대국 장소를 벗어나면 국면을 잊어버리려 애쓰며, 다른 승부 놀이에 빠진다. 자신의 방에서는 바둑돌에 손을 대지 않는다. 7단은 쉬는 날에도 바둑판 앞에 앉아, 진행 중인 바둑 연구를 게을리하지 않는 듯하다. 나이뿐만 아니라 기질도 다르겠지.

"콘도르 비행기가 도착했군요. 어젯밤 10시 반에……. 빠르네요." 명인은 1일 아침, 관계자들 방으로 와서 이야기했다.

동남향인 대국실 장지문에는, 아침 햇살이 환하게 비쳐들고 있었다.

그런데 바둑 재개 전에, 기묘한 일이 일어났다.

야와타 간사가 봉인을 대국자에게 보이고 나서 봉투를 뜯었는데, 기보를 들고 바둑판 위로 몸을 내밀면서 흑 121의 봉수를 기보 위에서 찾았지만, 보이지 않는다.

봉수는 둘 차례인 기사가 상대방은 물론 관계자에게도 보이지 않도록, 손수 기보에 적어 넣고 봉투에 넣는다. 지난번 대국 중단 때, 오타케 7단은 복도로 나가서 썼다. 그 봉투에 대국자가 봉인을 하고 또 다른 커다란 봉투에 넣어, 야와타 간사가 봉인을 한다. 그것을 다음 바둑이 재개되는 날 아침까지, 숙소의 금고에 맡겨 둔다. 그러니, 명인도 야와타도 오타케 7단의 봉수는 알지 못한다. 하지만 주변 사람들도 이리저리 추측하니까, 얼추 짐작은 간다. 하물며 흑 121의 봉수는 과연 어디에 놓일지, 이번 바둑의 클라이맥스인 만큼, 관전하는 우리도 마른침을 삼키며 기다린 한 수다.

보이지 않을 리가 없는데도 야와타는 기보를 조급하게 들여다보면서, 쉬이 찾아내지를 못한다. 드디어 발견해,

"아아!" 하고 흑돌이 놓였지만, 바둑판에서 조금 떨어져 있는 나는 어디에 놓였는지 알 수 없다. 그 위치를 알고서도, 어떤 의미로 그렇게 두었는지 알 수 없다. 싸움이 한창 벌어지고 있는 중원(中原)과는 무관하게, 멀찍이 동떨어진 상변에 두어진 것이다.

마치 팻감을 쓴 것 같은 수라는 것이 아마추어의 눈에도 보이자, 그 순간 내 가슴에 구름이 끼면서 물결쳤다. 오타케 7단은 봉수를 위한 봉수를 둔 것인가. 봉수를 전술로 사용한 것인가. 비겁하고 유치한 짓이라고, 나는 의심했다.

"중앙에 둘 거라 생각했으니까……."라며 야와타 간사는 쓴웃음을 짓고, 바둑판에서 물러났다.

우하에서 중앙으로 솟아 있는 백의 큰 모양을, 흑이 삭감해 나가는 공방전을 맹렬히 벌이는 중이기 때문에, 다른 곳으로 손이 갈 턱이 없다. 야와타 간사가 중앙에서부터 우하의 싸움

터만 찾은 건 당연했다.

명인은 흑 121에 대해, 백 122로 상변의 백에 눈을 만들었다. 손을 빼면, 여덟 점의 백 덩어리는 죽어 버린다. 팻감에 응하지 않는 거나 마찬가지다.

7단은 바둑통에 손을 넣어 바둑돌을 쥐었지만, 다시 잠시 생각했다. 명인은 무릎 위로 주먹을 꽉 쥔 채, 고개를 갸웃하고서 숨을 죽였다.

흑 123은 3분, 과연 백집의 삭감으로 돌아와, 우선 우하를 침범했다. 그리고 흑 127로, 다시 한번 중앙을 향했다. 흑 129로, 마침내 백집 안으로 끊었다. 앞서 명인이 백 120으로 빈삼각으로 부딪친, 그 머리를 끊은 것이다.

"백에게 120으로 강하게 막혔으니, 흑도 강하게 123 이하 129에 이르는 수단을 쓰기로 결심을 굳혔으리라. 이러한 흑의 대국 방식도, 미세한 바둑에선 흔히 볼 수 있다. 승부의 기세다."라고 우 6단은 해설했다.

그런데 명인은 흑의 필사적인 끊음을 내버려 둔 채, 거기서 손을 빼고, 우변을 역습해 흑의 진로를 막았다. 나는 앗! 하고 놀랐다. 완전히 예상치 못한 수다. 무언가 명인의 소름 끼치는 기운에 짓눌린 듯, 몸이 오그라드는 느낌이었다. 오타케 7단 특유의 노림수인 129에도 명인은 빈틈이 있다고 보고, 몸을 획 돌리기 무섭게 역(逆) 끝내기에 나선 것인가. 아니면 스스로 상처 입고 적을 쓰러뜨리는, 서로 치고받는 격렬한 싸움을 원하는 것인가. 이 백 130은 승부의 기세라기보다도, 어쩐지 명인의 분노 어린 한 수인가 여겨질 정도였다.

"야단났습니다, 야단났어요, 이건……." 오타케 7단은 거듭 말하고, 다음 흑 131을 생각하는 사이에 점심시간이 되어 자리를 뜨면서도,

"된통 당했습니다. 무서운 수를 당했습니다. 그야말로 경천동지(驚天動地)입니다. 공배를 메운 탓에, 팔이 거꾸로 비틀려서……."

입회자인 이와모토 6단도 탄식하듯 말했다.

"전쟁이란 바로 이런 것일 테지요."

실전에서는 미리 예측할 수 없는 일이 돌발해, 운명을 결정 짓는다는 의미였다. 백 130이 그랬다. 대국자의 복안도 연구도, 아마추어는 물론 전문 기사의 온갖 예상도, 이 한 수로 순식간에 날아가 버렸다.

백 130의 한 수가 '불패의 명인'에게 패착이었을 줄은, 아마추어인 나는 아직 알지 못했다.

38

그러나 심상치 않은 국면인지라, 점심시간이 되어 일어섰을 때 나는 저도 모르게 명인을 따라갔는지, 명인이 은연중에 우리를 이끌었는지, 명인은 방으로 돌아와 자리에 앉기가 무섭게,

"이 바둑도 끝장입니다. 오타케 씨의 봉수로 엉망이 되고 말았어요. 애써 그리고 있는 그림에, 먹칠을 한 거나 마찬가지

입니다." 나직하지만 격한 어조였다.

"그 수를 봤을 때, 나는 그만 던져 버릴까 생각했습니다. 여기까지, 라는 의미에서…… 던지는 게 낫겠다 싶었지요. 하지만 결심이 서지 않아, 마음을 고쳐먹었습니다."

야와타 간사가 그 자리에 있었는지, 고이 기자가 함께 있었는지, 혹은 둘 다 함께 있었는지 나는 잘 기억을 못 하는데, 아무튼 우리는 그저 잠자코 있었다.

"그런 수를 두어 놓고, 이틀 쉬는 동안 궁리를 하려는 거잖아요. 교활하게." 명인은 내뱉듯 말했다.

우리는 대답하지 않았다. 명인의 말에 맞장구를 칠 수도 없고, 7단을 변호할 수도 없다. 하지만 우리는 명인과 동감이었다.

다만 명인이 그때 던져 버릴까, 라고 할 만치 격노하고 낙담을 했으리라곤, 나는 알아채지 못했다. 바둑판 앞에 앉은 명인은 안색이나 몸짓으로 드러내지 않았다. 명인의 그토록 심한 마음의 동요를, 아무도 알아채지 못했다.

하긴 야와타 간사가 흑 121의 봉수를 기보에서 찾아 헤매다, 간신히 발견하고 돌을 놓은 그쪽으로 우리도 정신이 팔려 있었기에, 그사이 명인을 지켜보지 못했다. 그러나 명인은 다음 백 122를 노타임, 즉 1분 이내에 두었다. 명인의 동요를 우리가 알지 못하는 까닭이다. 이것도 야와타가 봉수를 발견하고 나서 1분이 아니라, 시간을 재기까지는 다소 짬이 있었다. 그렇다고 해도 명인은 짧은 시간에 마음을 가라앉히고, 대국하는 내내 태도가 흐트러지지 않았다.

아무렇지 않게 대국을 재개한 명인한테서 나는 뜻밖에 분노 어린 말을 들었기 때문에, 한층 가슴에 와닿았다. 6월부터 12월 오늘까지 이 은퇴기를 줄곧 두어 온 명인이, 내게 느껴지는 것 같았다.

명인은 이 바둑을 예술 작품으로 만들어 왔다. 그 감흥이 고조되어 긴박해질 즈음, 이것을 그림이라 한다면 느닷없이 먹칠을 당했다. 바둑도 흑백 상호 간에 대국을 거듭해 감에 따라 창조의 의도나 구성도 있고, 음악처럼 마음의 흐름이나 선율도 있다. 느닷없이 괴상한 소리가 뛰어들거나 이중주의 상대방이 대뜸 엉뚱한 가락으로 휘저어 놓아서는, 엉망진창이 된다. 바둑은 상대가 수를 잘못 보거나 빠뜨리는 데서도, 명국(名局)을 망치는 일이 있다. 오타케 7단의 흑 121은, 어쨌건 모두가 의외의 수에 놀라고 의아해 하고 의심한 터라, 이 바둑의 흐름이나 리듬을 뚝 끊어 버린 점은 부정할 수 없다.

역시나 이 봉수는 바둑 기사 동료들이나 세간에서도, 물의를 일으키게 되었다. 우리 아마추어에겐 이 바둑의 여기서 흑 121은, 여하튼 이상하고 부자연스럽게 느껴지고, 기분이 언짢은 건 분명하다. 그러나 전문 기사 가운데는, 여기서 흑 121을 선수활용해 둘 시점이라고 보는 사람도 나중에 나왔다.

오타케 7단은 '대국자의 감상'에서,

"흑 121의 수는, 언젠가 두어야지 생각하고 있었다."라고 말했다.

우 6단의 해설에서는 백이 '5의 一', '6의 一'로 젖혀 이은 뒤에는,

"흑이 121로 두어도, 백은 122로 받지 않고 '8의 一'로 산다. 그러면 흑으로부터 팻감이 듣기 힘들어진다."라고, 흑 121의 의미를 간단히 언급했을 뿐이었다. 오타케 7단도 그런 의미로 두었을 게 틀림없었다.

다만 중앙에서 싸움이 한창 벌어지는 중이고 봉수였기 때문에, 명인을 분노하게 만들고 사람들의 의심을 받았다. 즉 대국 일시 중단의 수, 그날의 마지막 수가 어려울 경우, 임시변통으로 흑 121 같은 수를 놓아 두면, 사흘 후 대국 재개 때까지 오늘 마지막으로 두었어야 할 수를 충분히 검토할 수 있는 셈이다. 일본기원의 승단 대회 등에서도, 남은 시간 1분을 두고 초읽기에 들어가면, 팻감 같은 수를 궁한 나머지 일단 두어 놓는 것으로, 수명을 1분 연장하는 기사가 없지도 않다. 대국 일시 중단이나 봉수도, 유리하게 쓰려고 골똘히 궁리하는 사람이 있다. 새로운 규칙은 새로운 전법을 낳는다. 이토에서 바둑이 재개되고 나서 네 번 연달아 흑이 봉수가 된 것도, 우연만은 아닐지도 모른다. 명인 자신이 "백 120을 늦추어서는, 이미 만족하지 못한다."라고 말할 만큼 긴장되었던, 바로 다음 수가 흑 121이었다.

아무튼 오타케 7단의 흑 121이 그날 아침 명인을 분노하게 하고, 낙담시키고, 동요하게 한 것은 사실이었다.

명인은 대국이 끝났을 때의 강평에선, 흑 121을 언급하지 않았다.

그런데 일 년 후, 『명인 바둑 전집』에 수록된 「대국 선집」의 강평에서는, "흑 121은 지금이 선수활용을 할 기회였다."라고 분명히 말했다. "주저하여 뒤로 미룬다면, (백이 먼저 젖혀 이은 뒤에는) 흑 121의 선수활용이 듣지 않을 우려도 있다는 점에 주의해야 한다."

대국 상대자인 명인이 그렇게 인정하는 이상, 문제는 없으리라. 명인이 화를 낸 것은, 그때 너무나 뜻밖이었기 때문이다. 오타케 7단의 속마음을 의심한 것은, 너무 화가 난 나머지 일어난 실수였다.

명인은 명확히 알지 못한 점을 부끄러이 여겨, 여기서 특별히 흑 121의 수에 대해 언급했는지도 모른다. 그러나 「대국 선집」의 출판은 은퇴기 일 년 후, 그리고 죽기 반년쯤 전이었으니까, 흑 121로 오타케 7단이 물의를 일으켰던 일을 떠올리고, 이제 평온하게 그 수를 인정한 것은 아닐까.

오타케 7단이 말하는 '언젠가'가 명인이 말하는 '지금'이었는지, 아마추어인 내겐 여전히 조금 수수께끼다.

39

어째서 명인이 백 130의 패착을 두었는지, 이 또한 수수께끼 같다.

명인은 이 수를 27분 생각하고, 오전 11시 34분에 두었다. 30분 남짓 생각하고서 잘못 두는 것도 우연한 일인데, 명인이 어째서 1시간을 더 기다려 점심시간으로 넘기지 않았는지, 나는 늦게서야 아쉽다. 바둑판을 떠나 1시간 쉬었다면, 바른 수를 두었을 텐데. 느닷없이 나타난 마물에 홀리지 않았을 텐데. 백의 제한 시간은 아직 23시간이나 남아 있었다. 한두 시간쯤은 문제 될 것도 없다. 하지만 명인은 점심시간을 전술로 쓸 수 없었다. 흑 131의 수가 점심시간에 걸렸다.

백 130은 역끝내기 같은 수여서, 오타케 7단도 "팔이 거꾸로 비틀려서."라고 했다. 우 6단도 "여기는 미묘한 곳이다. 즉 흑이 129로 끊은 순간, 130으로 선수활용을 해 두는 듯한 의미가, 백에게는 있다."라고 해설했지만, 흑의 필사적인 끊음에 백이 손을 뺄 수 없었던 것이다. 강한 기세가 서로 팽팽히 맞서고 있는 자리에서 한쪽이 힘을 빼면, 그 한쪽으로 와르르 무너진다.

이토에서 바둑이 재개된 이래, 오타케 7단은 고심을 거듭하고 버틸 만큼 버티면서, 신중하고 확실했다. 그리고 흑의 긴장된 힘의 폭발이, 129의 끊음이었다. 백 130의 손 뺌에 우리가 앗! 하고 놀란 만큼, 7단은 간담이 서늘해지지는 않았으리라. 백이 우변의 흑 네 집을 잡는다면, 흑은 중앙의 백집을 짓밟을 따름이다. 7단은 백 130을 받지 않고, 흑 129를 131로 뻗었다. 과연 명인은 백 132로, 중앙의 타개로 돌아섰다. 백 130으로 흑 129를 받아 두었다면 좋았을 텐데.

명인은 강평에서,

"백 130은 패착이다. 이 수로는 우선 '15의 九'로 끊어, 흑의 응수를 타진할 수순이었다. 이를테면 흑이 '15의 八'로 받는다면, 그때는 130이 옳다. 즉 그다음에 흑이 131로 뻗어도, 백은 흑이 '16의 十二'로 끼우는 수를 염려하지 않아도 되니까,

유유히 '12의 十一'로 방비할 수 있었다. 그 밖에 어떤 변화를 살펴보더라도, 기보보다는 국면이 복잡해지고 매우 미세한 싸움이 되었으리라. 흑 133 이하 혹독한 침략을 받은 것은, 그 야말로 백의 치명상이다. 그 후 수습에 힘썼으나, 이미 기울어진 형세를 되돌릴 방도가 없다."라고 한탄했다.

백의 운명의 한 수는, 명인의 심리 혹은 생리적인 파탄인지도 모른다. 강한 수로 보이기도 하고 차분한 수로 보이기도 하는 백 130은 줄곧 수비를 해 온 명인이 공격에 나선 것인가 하고, 아마추어인 나는 그때 짐작했지만, 또한 명인이 더 이상 참을 수 없어졌거나 울화통을 터뜨린 것 같은 느낌도 받았다. 그런데 이 수도 백이 흑을 한 군데 끊어 두었더라면, 그것으로 괜찮았다고 한다. 이 백 130 패착은, 오타케 7단의 봉수에 오늘 아침부터 명인이 분노한 그 여파가 미친 건 설마 아닐 테지만, 그래도 알 수 없는 일이다. 명인 스스로도, 자신의 마음속 운명의 파도나 느닷없이 나타난 마물의 바람은 알지 못한다.

명인이 백 130을 둔 후, 어디선가 능숙한 통소 소리가 흘러들어, 바둑판의 폭풍을 조금이나마 누그러뜨렸다. 명인은 귀를 기울이고,

"높은 산에서 골짜기 내려다보니, 참외꽃, 가지꽃 활짝 피었네…… 라는 걸 통소를 처음 배울 때 맨 먼저 하지요. 통소보다 구멍 하나가 적은 게 있는데, 히토요기리〔一節切〕라고 합니다." 무언가 회상하는 표정이었다.

흑 131의 수에 오타케 7단은 중간에 점심시간을 끼고 1시간 15분 공을 들이다가 오후 2시, 일단 돌을 쥐었으나,

"글쎄." 하며 다시 생각하고 1분 후에 두었다.

그 흑 131을 보자, 명인은 가슴을 꼿꼿이 세운 채 고개를 내밀고, 오동나무 화로의 가장자리를 초조하게 두드렸다. 날카롭게 바둑판 전체를 둘러보며 목산했다.

흑 129로 끊은 백 빈삼각의 다른 한쪽을 흑 133으로 끊어 세 점을 단수치고, 그러고 나서 흑 139까지 단수 단수로 거침없이 쭉쭉 밀어서, 오타케 7단이 말한 '경천동지'의 큰 변화가 일어났다. 흑은 백 모양의 한가운데로 돌진했다. 나는 백의 진영이 와르르 붕괴되는 소리가 들리는 느낌이었다.

백 140으로 똑바로 달아날 것인지 옆의 흑 두 집을 잡을지, 명인은 연신 부채질을 하면서,

"모르겠어. 마찬가지야. 모르겠어." 무의식적으로 중얼거렸다.

"모르겠는걸. 모르겠어."

그러나 이것도 뜻밖에 빨리 28분 만에 두었다. 이윽고 3시에 간식이 나오자 명인은 7단에게,

"찐 초밥 드시지요."

"전 좀 속이 좋지 않아서……."

"스시로 속을 고치는 거지요." 명인이 말했다.

오타케 7단은 명인의 백 140을,

"여기서 봉수인가 싶었는데, 두시니까……. 곧바로 딱딱 두시니까, 힘드네요. 술술 두시는 게 제일 괴롭지요."라고 말하기도 했다.

백 144까지 명인이 내처 둔 다음, 흑 145가 봉수가 되었다.

오타케 7단은 돌을 집어 두려고 하다가도 다시 골똘히 생각하는 사이, 그날 대국 시간이 끝났다. 7단이 복도로 나와 봉하는 동안에도, 명인은 엄하게 판세를 둘러보며 꼼짝하지 않았다. 아래 눈꺼풀이 화끈거리듯 조금 부어 있었다. 이토의 대국에서, 명인은 자꾸만 시계를 보았다.

40

"오늘은 끝낼 수 있으면 끝내 버릴 생각입니다." 12월 4일 아침, 명인은 관계자에게 말했다. 오전 대국 중에 오타케 7단에게도,

"오늘은 끝내 버립시다."라고 했다. 7단은 조용히 끄덕였다.

거의 반년에 걸친 이 바둑도 마침내 오늘 끝나는가 생각하니, 충실한 관전 기자인 나도 가슴이 먹먹했다. 게다가, 명인의 패배는 이제 누구나 다 알고 있었다.

아직 아침결이었는데 7단이 바둑판 앞에서 자리를 떴을 때, 명인은 우리 쪽을 보고,

"모두 끝났습니다. 둘 데가 없어요." 하고 가볍게 미소 지었다.

언제 이발사를 불렀는지, 오늘 아침의 명인은 스님처럼 머리를 깎아 버렸다. 병원에 있었을 때의 모습 그대로 긴 머리에 가르마를 타서 흰머리를 염색하고 이토에 왔는데, 갑자기 아주 짧은 머리가 되었다. 명인에게도 연극조의 낌새가 있었나

싶지만, 어쩐지 산뜻하게 씻어 낸 듯 윤기가 돌아 젊어 보였다.

4일에는 정원의 매화도 한두 송이 피었고 일요일이었다. 토요일부터 다소 손님들로 북적거린 탓에, 오늘은 대국 장소를 신관으로 옮겼다. 명인의 옆방, 이곳이 늘 내가 묵는 방이다. 명인의 방은 신관 안쪽의 한갓진 곳인데, 바로 위 2층 방에도 전날 밤부터 이번 바둑의 관계자들이 차지하고 있었다. 즉 다른 손님을 들이지 않으면서 명인의 수면을 지켜 주고 있었다. 오타케 7단은 신관 2층이었으나, 어제인가 그제부터 아래로 옮겼다. 몸 상태가 좋지 않아 계단을 오르내리는 게 성가시다고 했다.

신관은 정남향으로 정원이 트여 있어, 바둑판 가까이까지 햇살이 비쳐 들었다. 흑 145의 봉수가 열리기를 기다리는 동안에도, 명인은 고개를 갸웃하고 바둑판을 응시하며 미간을 찌푸린 채 엄한 자세를 갖추었다. 오타케 7단도 승리가 눈에 보이기 시작해서일까, 돌의 움직임이 빨라졌다.

마침내 끝내기에 들어선 기사의 긴장감은, 포석이나 중반 때와는 또 다르다. 팽팽하게 곤두선 신경이 번뜩이고, 몸을 앞으로 쑥 내민 자세에도 절박함이 묻어난다. 예리한 칼부림이 서로 오가듯, 호흡이 거칠게 가빠진다. 지혜의 불꽃이 터지는 걸 보는 듯하다.

평소의 바둑이라면 오타케 7단은 남은 1분으로 100수까지도 두는 추격전을 보여 줄 법한데, 이 바둑에서는 7단도 아직 예닐곱 시간의 여유가 있음에도, 끝내기에 들어서자 팽팽히 맞선 신경의 급류를 타고, 그 속도를 멈추기 어려운 모양이다. 자기 스스로 자신을 다그치듯 무심코 바둑통에 손을 넣었다가, 퍼뜩 놀라 생각에 잠기는 일이 빈번하다. 명인조차 일단 돌을 잡고 나서, 잠시 망설인다.

이러한 끝내기를 보노라면 예민한 기계, 예리한 수리(數理)가 민첩하게 움직이는 것 같고, 또한 질서정연한 미적 감각이 유쾌하다. 싸움이라 해도, 아름다운 형태로 나타난다. 더 이상 곁눈질도 하지 않는 기사가 아름다움을 배가시킨다.

흑 177부터 180 즈음에서 오타케 7단은 무언가 자신에게 넘쳐나는 사념에 황홀해진 듯, 둥그스름하니 너그러운 얼굴이 완전무결한 부처의 얼굴로 보였다. 예도의 법열에 들어섰는지, 형용할 수 없이 멋들어진 표정이었다. 배 속이 안 좋은 형편 따윈, 까맣게 잊은 모양이다.

그보다 조금 전, 오타케 부인은 너무 염려되어 방에 머물 수 없는지, 정원을 걸으며 그 훌륭한 모모타로 아기를 안은 채 멀리서 대국실 쪽을 줄곧 응시하고 있었다.

바다 쪽에서 긴 사이렌 소리가 마침 그쳤을 때, 백 186을 둔 명인은 문득 얼굴을 들더니,

"비었어요. 자리가 비어 있어요." 하고 이쪽을 향해 다정스레 불렀다.

오늘은 오노다 6단이 가을 승단 대회를 마치고 와서 입회했다. 그 밖에 야와타 간사, 고이, 스나다 두 기자, 도쿄니치니치 신문사의 이토 통신원 등, 이 바둑에 관여한 사람들이 한데 모여, 시시각각 치닫는 종반을 관전하고 있다. 옆방에는 사람들이 비좁게 뭉쳐 있고, 심지어 맹장지 문 뒤에도 서 있다.

그 모습을 본 명인이, 이쪽으로 들어와서 보라고 말한 것이다.

오타케 7단의 부처 얼굴도 잠시뿐, 다시 투지가 넘쳐흐르며 힘을 쏟았다. 명인의 자그마한 몸은 참으로 그 자리에 딱 맞게 자리 잡아, 주위를 고요히 만드는 듯 큼직하니 보였고, 끊임없이 목산을 했다. 7단이 흑 191을 두자, 명인은 고개를 떨어뜨리고 눈을 부릅뜬 채 무릎을 내밀었다. 두 사람의 부채 소리가 요란하게 오갔다. 흑 195에서 점심시간이 되었다.

오후에는 여느 때의 대국 장소, 구관 6호실로 옮겼다. 정오 지나면서 찌푸린 날씨에, 까마귀가 줄기차게 울었다. 바둑판 위에 등이 켜졌다. 백 촉은 너무 환해서 육십 촉이다. 흐릿하니 돌 빛깔을 띤 그림자가 바둑판에 비쳤다. 마지막 날을 꾸미는 여관의 배려인지, 벽의 족자는 가와바타 교쿠쇼[44]의 산수화 한 쌍으로 바뀌었고, 코끼리 등에 올라탄 불상 장식품 옆에는 인삼, 오이, 토마토, 표고버섯, 파드득나물 등이 함께 담겨 있었다.

이번 바둑처럼 큰 승부에선, 종국(終局)이 가까워지면 너무 참혹해서 지켜볼 수가 없다는 이야기를 나는 들었지만, 명인은 동요하는 기색이 없었다. 태도만 봐서는, 명인이 패배했는지 알 수 없다. 200수쯤부터 명인도 뺨이 달아오르고, 그제야 목도리도 풀면서 절박해진 것 같았지만, 자세는 늠름히 흐트러짐이 없었다. 흑 237 마지막 수가 놓였을 때, 명인은 이미 차분했다. 그리고 말없이 공배를 하나 채운 순간 오노다 6단이,

---

44) 川端玉章(1842~1913). 메이지 시대에 활약한 일본화가.

"다섯 집인가요?"

"네, 다섯 집……." 명인은 중얼거리고 부어오른 눈꺼풀을 치켜올리더니, 더 이상 계가를 해 보려고는 하지 않았다. 대국이 끝난 것은 오후 2시 42분이었다.

다음 날, 대국자의 감상을 말하고 나서 명인은 미소 지으며,

"계가를 하지 않고 다섯 집이라 했지만……. 목산으로는 68에 73이었어요. 실제로 계가를 해 보면, 더 적을 테지요."라며 손수 계가해 보았다. 흑 56집, 백 51집이었다.

다섯 집 차이가 생기리라고는, 백 130의 패착으로 인해 흑이 백 모양을 깨뜨릴 때까지 아무도 예상하지 못했다. 백 130 후에 160수쯤에서 '17의 十八'[45] 선수 끊기를 소홀히 한 것도 실수이며, '패배의 차이를 다소 줄이는' 기회를 잃었다, 라고 명인은 말했다. 그렇다면 백 130의 패착이 있어도 다섯 집 이하 세 집 정도의 차이였을 터이니, 백 130의 패착이 없고 '경천동지'의 큰 변화가 일어나지 않았다면, 이 바둑의 승패는 어떻게 되었을까? 흑의 패배일까? 아마추어로선 알 수 없지만, 나는 흑이 졌으리라고 생각하지 않는다. 오타케 7단이 이번 바둑에 임하는 각오와 태도를 보건대, 돌을 깨물어 부수는 의지로 흑이 이길 것임을, 나는 거의 믿고 있었다.

그러나 오히려 예순다섯의 연로한 명인이 병고를 겪으면서, 현역 최고의 실력자가 필사적으로 물고 늘어지는 데도, 상대

---

45) 원문에는 '17의 十八'로 표기되어 있으나, 기보에서 '17의 十八'에는 어떤 수도 놓여 있지 않다. 문맥상 '17의 十一'을 가리키는 것으로 보인다. 160~161쪽 기보 참조.

방이 선착의 효과를 거의 살리지 못할 정도로까지, 잘도 두었다고 말하지 않을 수 없다. 흑의 악수에 편승하지도 않고, 백이 무슨 술책을 꾀한 것도 아니고, 절로 미묘한 승부로 이끌어 나갔다. 그럼에도, 병환에 대한 불안으로 끈기가 미치지 못했으리라.

'불패의 명인'은 은퇴기에서 패했다.

"명인은 항상 제이인자, 즉 자기 다음의 실력자에게만은 온 힘을 다해 두는 원칙이 있었다고 합니다."라고 제자 한 사람이 말했다. 명인이 이런 말을 실제로 했는지 어떻건 간에, 명인은 평생 이것을 실행해 왔다.

대국이 끝난 다음 날, 나는 이토에서 가마쿠라의 집으로 돌아와서는, 육십육 일에 걸친 관전기가 마무리되는 날을 기다리다 못해, 이 바둑으로부터 도망치다시피 이세와 교토로 여행을 떠났다.

명인은 그대로 이토에 남아 있으면서 체중도 반 관 늘어, 팔관 오백이 되었다고 들었다. 또한 바둑판과 바둑돌 스무 벌을 들고, 부상병이 머무는 요양소를 찾았다고도 했다. 1938년 세밑에는, 이미 온천 여관이 부상병 요양소로 사용되고 있었다.

41

은퇴기의 다다음 해라고 해도 정월이니 일 년 남짓 후인데, 명인의 매제인 다카하시 4단이 가마쿠라의 자택에서 바둑을 가르치는 첫 수업에, 명인은 제자인 마에다 6단과 무라시마 5단 두 사람을 데리고 참석했다. 1월 7일이었다. 나는 오랜만에 명인을 만났다.

명인은 지도기를 두 판 두었는데, 힘겨워 보였다. 돌을 손가락으로 단단히 잡지 못해 살짝 떨어뜨리는 듯한 돌에, 소리가 없는 것 같았다. 두 번째 판에는 어깨로 숨을 쉴 때도 있었고, 눈꺼풀이 조금 부어올랐다. 눈에 띌 정도는 아니었지만, 나는 하코네에서의 명인을 떠올렸다. 명인의 병환은 좋아지지 않았다.

오늘은 아마추어를 상대로 한 지도기라서 아무 문제가 없건만, 명인은 금세 무아의 경지로 들어갔다. 바닷가 호텔로 저녁 식사를 하러 갈 시간이 되어, 두 번째 판은 흑 130의 수로 끝냈다. 강한 아마추어 초단을 상대로 넉 점을 접은 바둑이었다. 흑은 중반부터 힘이 나는 기풍으로 백의 큰 모양을 깨뜨려, 백이 엷은 바둑이 되어 있었다.

"흑이 좋아 보이지 않습니까?" 하고 내가 다카하시 4단에게 물었더니,

"네, 흑이 이겼어요. 흑이 두텁고, 백은 괴롭네요." 4단이 말했다.

"어쩐지 명인도 정신이 흐릿해지신 거예요. 예전과 달리 물러지고 말았어요. 이젠 정말로 둘 수 없겠지요. 역시나 그 은퇴기부터, 부쩍 쇠약해졌습니다."

"갑자기 노쇠해지신 것 같습니다."

"네. 요즘은 아주 마음씨 좋은 할아버지가 되셔서……. 은

퇴기에서 이겼다면, 이렇게 되진 않았을 텐데요."

바닷가 호텔에서 헤어질 때,

"아타미에서 또 뵙겠습니다." 하고 나는 명인과 약속했다.

명인 부부는 1월 15일, 아타미의 우로코야 여관에 도착했다. 나는 미리 주라쿠에 머물고 있었다. 16일 오후, 나는 아내와 둘이서 우로코야를 찾아갔다. 명인은 곧장 장기판을 들고 나와, 두 판을 두었다. 나는 장기에 약하고 썩 내키지도 않아, 말을 두 개 떼고서도 어이없이 졌다. 명인은 저녁 식사도 하고 이야기를 좀 하고 가라며 자꾸만 붙잡았지만,

"오늘은 너무 추우니까, 이만 가 보겠습니다. 요담에 따뜻한 날, 주바코나 지쿠요로 모시겠습니다." 하고 나는 말했다. 눈발이 흩날리는 날이었다. 명인은 장어를 좋아했다. 내가 돌아간 뒤, 명인은 더운 목욕을 했다. 부인이 뒤에서 명인의 양쪽 겨드랑이에 손을 넣어 붙잡아 주었다고 한다. 그러고는 이부자리에 들어, 명인은 가슴이 아프고 숨 쉬기가 힘들어졌다. 그리고 이틀 뒤, 동트기 전에 죽었다. 다카하시 4단이 전화로 내게 알려 주었다. 내가 덧문을 열자, 아직 해는 뜨지 않았다. 그제 방문한 것이 명인의 몸에 해롭지는 않았을까, 나는 생각했다.

"그제, 같이 저녁 식사를 하고 가라며, 명인이 그토록 붙잡으셨는데……." 아내가 말했다.

"그랬었지."

"사모님도 간곡히 말씀하시는데 뿌리치고 돌아오는 게, 실례가 아닐까 싶었어요. 종업원에게도 그리 일러, 이미 준비를 해 놓은 참이었는데."

"그건 알고 있었지만, 추우니까 명인의 몸이 염려돼서……."

"그런 줄 알아주셨을까요……? 모처럼 그럴 생각이 있었던 모양인데, 언짢은 마음이 없으셨을까……. 정말로 그냥 보내고 싶어 하지 않는 것 같았어요. 사양 말고 그대로 따랐으면 좋았을 텐데. 어쩐지 쓸쓸하셨던 게 아닐까요?"

"쓸쓸해 보였어. 하지만 뭐, 늘 그렇지."

"추운데, 현관까지 배웅을 나오시고……."

"그만해! 이젠……. 싫어, 싫어. 이젠 사람이 죽는 게 싫어."

명인의 시신은 그날 도쿄로 돌아갔지만, 여관 현관에서 자동차까지 운반할 때 가냘프고 자그맣게 이불에 감싸인 채, 마치 몸이 없는 것 같았다. 우리는 조금 떨어진 곳에 서서, 차가 출발하기를 기다렸는데,

"꽃이 없어. 이봐, 꽃집이 어디였지? 꽃을 사 오라고. 차가 출발하니까, 어서……." 나는 아내에게 일렀다. 아내는 뛰어 돌아왔다. 나는 꽃다발을 명인이 있는 차 안의 부인에게 건넸다.

혼인보 슈사이 명인 은퇴기 기보

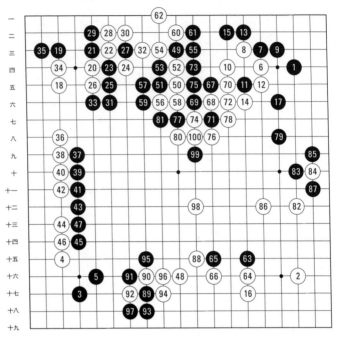

제1보(1~100)

○ 혼인보 슈사이 명인

● 기타니 미노루 7단

대국 일시 1938년 6월 26일 ~ 12월 4일

제한 시간 각 40시간

덤 없음

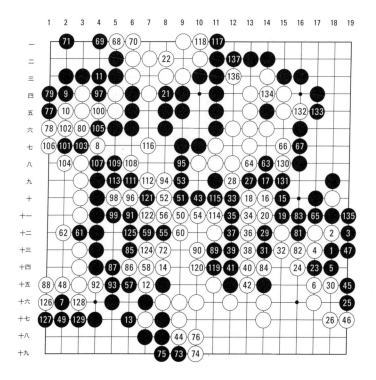

제2보(101~237)

결과 237수 끝, 흑 5집 승

소비 시간 백 19시간 57분, 흑 34시간 19분

⑩ … ⑩⑬ 에 이음

⑫⑬ … ⑨⑥ 에 이음

가와바타의 시선이 머무는 곳

잘 알려진 대로 가와바타는 일본의 전통적 아름다움을 묘사하는 데, 탁월한 문학적 역량을 발휘한 작가이다. 명실상부한 대표작 『설국(雪国)』은 일본 최초의 노벨 문학상이라는 영광을 획득함으로써, 세계 문학 속 일본 문학의 위상을 한껏 드높이는 계기를 마련했다.

'바둑 소설'이라니! 바둑을 소재로 삼았다는 사실 자체만으로도 특이한 소설 『명인』은, 『설국』에 이어 발표된 또 하나의 명작으로 손꼽힌다. 자작(自作) 가운데, 작가 자신이 가장 애착을 느낀 작품이었다고 한다.

가와바타의 작품에는 주로 여성이 주인공으로 등장하고, 남성이 주인공이라 해도 여성에 대한 동경이나 애수를 묘사한 경우가 많다. 그런 점에서 『명인』은 남자의 세계를 추구한 남자의 문학, 예술의 본질에 다가선 '예(藝)의 문학'으로서 이색적이라는 평가도 있다. 하지만 예의 세계에 어찌 남성, 여성의 구분이 있겠는가. 전 생애를 바둑에 걸고 살아온 '명인'을 곁에서 지켜보는 관찰자, 기록자로서의 가와바타 야스나리. 그는 유난히 커다란 눈망울을 지녔다. 작가 가와바타의 예민하고 감각적인 문장은 마치 현미경 렌즈를 연상시키는 그 응시의 순간을 통해, 실을 자아내듯 그려지는 게 아닐까. 이런 생각을 떨칠 수가 없다.

그러고 보니 필자는 이미 오래전 『설국』의 작품 해설에서, 그의 눈을 언급한 적이 있다. '시마무라 혹은 가와바타의 눈(眼)'이라는 제목으로. '무심히 꿰뚫어 보는, 빛을 닮은 눈'을 지닌 요코를 지켜보며, 시마무라는 마음이 끌린다.

명인 슈사이(秀哉)를 묘사하는 것은 "그대로 가와바타 야스나리 자신을 응시하고, 나신(裸身)의 자신을 수면 위에 떠올리는 일"(나카지마 구니히코, 와세다 대학 명예 교수)에 다름 아니었다. 당시 가와바타의 관전기 첫 회를 읽은 구메 마사오(작가)는 편지에서, '기대 이상의 걸작이라 감동했다.'라는 내용과 함께 '자네의 눈'이 느껴졌다는 감상을 전하고 있다.

"국경의 긴 터널을 빠져나오자, 눈의 고장이었다."로 시작되는 『설국』. 그 첫 문장의 마법은 독자를 단숨에 현실과 동떨어진 가상의 공간, 동화적 세계로 초대하기에 충분하다. 네모난 반상 위에서 숨 막히게 펼쳐지는 승부라는 비일상적, 추상적 세계를 그렸다는 점에서, 『명인』은 『설국』과도 그 맥이 이어지는 듯하다.

* * *

소설 『명인』이 탄생하게 된 배경을 살펴보면, 1938년 6월 26일부터 12월 4일까지 치러진 혼인보〔本因坊〕슈사이 명인과 기타니 미노루〔木谷實〕7단의 역사적인 대국이 있다. 가와바타는 이 대국의 관전기를 담당해, 대국보다 한 달 남짓 늦은 7월 23일부터 9월 6일, 11월 30일부터 12월 29일에 걸쳐 도쿄 《니치니치신문》과 오사카 《마이니치신문》에 총 64회를 연재했다.

바둑은 작가가 평소 즐기던 취미로, 아마추어 이상의 기량을 보유한 게 틀림없어 보인다. 명인의 은퇴 바둑 관전기를 계기로, 일본기원은 작가에게 초단 자격을 수여한 바 있다. 지난해(2022년) 11월에는 『명인』 집필의 공적을 높이 평가하며, 바둑 전당 입성을 발표하기도 했다. 가와바타는 문인 바둑 모임에 참가하는 등 실력을 꾸준히 갈고닦아, 만년에는 5단, 사후에는 6단 자격을 얻었다.

일본이 태평양 전쟁으로 치닫던 당시, 일간 신문은 대대적으로 슈사이 명인의 은퇴기를 알리는 기사를 실어 홍보했다. 명인의 은퇴 바둑 관전기는 바둑 애호가는 물론, 일반인들의 관심까지 불러일으킬 정도로 크게 성공했다. 문단의 중심에서 활약하는 가와바타의 존재감이 한몫했으리라 짐작된다.

가와바타의 여타 작품들이 대개 그러하듯, 『명인』 또한 처음부터 완성작으로 발표한 것이 아니다. 1951년부터 1954년까지 잡지에 나누어 게재한 작품들을 모아 단행본으로 출간했다. 명인의 죽음(1940) 이후, 십사 년이 지나서다. 『명인』에 대해 작가는 다음과 같이 명쾌하게 밝힌다.

"『명인』은 충실한 기록소설이라 말할 수 있을지도 모른다. 하지만 소설이라기엔 기록 요소가 많고, 기록이라기엔 소설 요소가 많다. 기사의 심리에 대해서는 모두 나의 추측이다. 이를 당사자에게 물어본 것은 하나도 없다. 날씨 묘사 하나를 들더라도, 역시 나의 소설이다."

* * *

작품의 스토리를 이끄는 두 인물은 슈사이 명인과 오타케 7단이다. 명인의 경우는 실명을 사용했고, 상대 기사인 기타니 미노루는 오타케라는 이름으로 등장한다. 우선 두 인물의 설정 대비가 무척 흥미롭다.

예순다섯 살의 연로한 명인 그리고 그 절반에도 못 미치는 서른 살의 패기만만한 신예 기사.

명인은 말수가 적고, 오타케는 더러 혼잣말이나 농담을 툭툭 던진다. 오타케의 젊음 앞에서, 명인의 왜소하고 깡마른 체격은 한층 도드라진다. 자녀를 두지 않은 명인과 달리, 아이와 여러 명의 내제자가 함께하는 단란한 가정을 꾸려나가는 오타케. 엄중한 대국 조건을 자신의 상황에 따라 변경하려는 명인, 이에 대해 강경히 반발하는 오타케. 두 사람 사이의 분규와 격렬한 신경전.

혼인보 슈사이는 일본의 메이지와 다이쇼, 쇼와 시대에 걸처, 명실공히 바둑계의 왕자로서 오십 년 불패의 기록을 자랑하는 명인이다. 명인의 마지막 승부 바둑을 위한 상대 기사를 선발하는 데만, 일 년 반이라는 시간이 소요되었다. 바야흐로 구시대가 막을 내리고 새로운 시대가 열리는 세기의 대국이 펼쳐지는 만큼, 대국 당사자 못지않게 이를 지켜보는 사람들의 긴장감도 고조된다.

대국 조건 또한 파격적이다. 각자 제한 시간 40시간. 각 대국 간격이 나흘, 대국 중에는 줄곧 숙소에 머물러야 한다. 명인에게도 봉수가 허용되었다.

소설 『명인』의 내레이터로서 관전기를 맡은 인물은 '나', 우라가미다. 그의 시선이 유독 오래 머무는 지점을 함께 따라가 보는 것. 이 작품의 깊은 묘미를 여기서 찾을 수도 있다. '나'가 주목하는 것은 이토록 의미심장한 대국의 승패가 결코 아닌 까닭이다.

나는 바둑을 보고 있었다기보다는, 바둑을 두는 사람을 보고 있었다. (101쪽)

현실적 결과를 떠나, 순수하고 비현실적인 숭고한 가치에 절로 마음의 현이 울린다.

그 길을 걸어 점심 식사 하러 가는 명인의 뒷모습이 문득 내 눈에 들어왔다. 1호 별관의 문을 나서면 오르막길, 명인이 구부정하니 허리를 숙이고 혼자 올라간다. 가볍게 뒤로 맞잡은 자그마한 손의 손금은 잘 보이지 않지만 무척이나 촘촘하고 어지럽게 주름이 잡힌 듯하고, 접은 쥘부채를 손에 들었다. 허리를 다소 굽히면서도 상반신은 반듯하니 펴져 있으니, 오히려 허리부터 하반신이 부실해 보인다. 한쪽에 늘어선 얼룩조릿대 아래로 도랑물 소리가 들리는, 널찍한 길이다. 단지 이것뿐인데도 — 그럼에도 명인의 뒷모습에 불쑥 눈시울이 뜨거워졌다. 무언가 깊은 감동이 있었다. 대국 장소를 벗어났을 뿐인데, 무심히 걷는 뒷모습은 현세를 떠난 고요한 비애를 띤다. (······)

이때 명인의 뒷모습은 어쩐지 균형이 잡히지 않은 것 같았다. 즉 바둑 삼매경에서 아직 덜 깨어난 탓에, 꼿꼿한 상체는 여전히 대국하는 자세 그대로여서 발치가 위태로웠다. 고매한 정신의 모습이 허공에 떠 있는 듯 보였다. 명인은 거의 방심 상태이면서도, 상체는 바둑판을 마주했을 때부터 흐트러짐이 없다. 그윽한 향 같은 모습이다. (58~59쪽)

오로지 바둑 외길에 인생을 걸고 전부를 바친 예인으로서의 명인, 그런 명인에게 바둑은 단순히 흰 돌과 검은 돌이 겨루는 경기를 넘어, 숭고한 미적 가치를 지닌 기예이자 정교하게 구축된 예술품이다. 문제가 된 오타케 7단의 봉수를, 교활한 술수라고 명인은 여겼다. 이 오단(誤斷)으로 돌이킬 수 없는 패착을 둔 데는, "애써 잘 그려 놓은 그림에 먹칠을 한 거나 마찬가지"라는 분노와 마음의 동요가 깔려 있다. 하지만 명인의 분노는 명인의 내면에서만 회오리로 일었을 뿐, 아무도 그의 흐트러짐을 눈치채지 못했다. 그리고 명인은 자신의 패배를 담담하게, 무심히 받아들인다. 병고와 싸워 가며 우여곡절 끝에 대국을 마무리 지은 연로한 명인에게, 오타케 7단은 한 마디 건넨다.

"선생님, 고맙습니다."

* * *

비록 작품에 실존 인물의 실명이 사용되기는 했으나, 가와바타의 『명인』은 슈사이 명인에 대한 단순 기록에만 머물지 않는다. 전기 소설은 더더욱 아니다. 자칫 밋밋한 스토리가 되기 쉬운 소재임에도, 작가는 등장인물의 복잡 미묘한 긴장감 속에 파문(波紋)처럼 흔들리는 감정 결 하나 놓치지 않고 클라이맥스를 포착한다. 가와바타의 필체가 선사하는, 기후나 자연의 섬세한 묘사 역시 곱씹어 읽을 만하다.

바둑 관전기에 대해, 작가가 남긴 글이 무척 흥미롭다.

"아무려나 바둑판 앞에 정좌해 있을 뿐 움직임이 없으니 신문에 수십 회 연재할 만큼 쓸 거리가 있겠는가, 하고 염려해 준 사람도 있었지만, 실제로 쓰기 시작하고 보니 넘치고 넘쳐, 하루 평균 2수 정도의 기보(棋譜)에도, 나의 관전기가 늦어지기 일쑤였다." "쓸 거리가 없어 보이는 것도, 보고 있기만 하면, 쓸 수 있는 것이라는 생각을 새로이 했다. 그리고 이번처럼 무턱대고 정직한 사생(寫生)도 내 작풍의 하나다."(「바둑 관전기를 쓰고」,《문학계》, 1938. 10.)

작가는 무엇보다 명인의 마지막 모습, 명인의 죽음에 주목하고 있다. 이는 작품의 서두와 결말이 죽음 이야기로 구성된 데서 유추해 봄 직하다. '불패의 명인'은 은퇴 바둑에서 마지막 불꽃을 피운 채 홀연히 사그라지고 말았다. 가와바타의 문학과 삶에서 '죽음'은 빼놓을 수 없는 화두이다. 어릴 적부터 잇달아 겪은 육친의 죽음. 작가의 심상에 짙은 허무 의식이 자리 잡은, 어쩌면 지극히 당연한 요인일지도 모른다.

사실 가와바타의 『명인』 집필은 상당한 기간이 걸렸다. 그 과정을 살펴보면, 「명인」(1951.8), 「명인 생애」(1952.1), 「명인 공양(供養)」(1952.5), 「명인 여향(余香)」(1954.5). 이 네 편은 「명인」이라는 제목으로 1954년 7월, 『우칭위안 기담(棋譚)·명인』에 수록, 간행되었다.

특히 「명인 공양」에서 「명인 여향」에 이르기까지, 2년이 경과한 점이 눈길을 끈다. 더구나 이보다 앞서 1942년에 이미 「명인」을 선보였고, 단속적으로 1947년까지 단편들을 발표한 기록을 보건대, 한번 중단 후 재차 시도하여 『명인』을 완성했음을 알 수 있다.

1940년 슈사이 명인 타계. 가와바타가 명인에 대해 쓰기 시작한 것은 1942년. 그리고 마침내 작품의 완성까지는, 명인의 죽음 이후 20여 년에 가까운 시간이 흘렀다. 이에 대한 평론가 야마모토 겐키치의 해석이 설득력 있게 들린다.

"명인의 초상화에 마지막 점정(點睛)을 찍기까지 얼마나 긴 시간이 지났는가! 그리고 이 마지막 점정을 찍기까지는, 작가에게 마음의 평온이 주어지지 않는다. 죽은 이가 참으로 형상을 갖추기까지, 가와바타는 죽은 이에게 사로잡히고, 시달리고, 흘려 있는 것이다. 그러므로 『명인』을 쓰는 일은, 명인의 그림자로부터 벗어나는 단 한 가지 수단이었다."

아울러 가와바타에게 『명인』은 '가슴 속에서 언제까지나 평온해지지 않는 명인의 혼을 진정시키기 위한 진혼가를 쓰는 일'이라 하고, '죽은 이로 하여금 죽음의 세계에 안정시키려 한 점에 작가의 창작 의도나 작품 발상의 동기'가 있지 않을까, 짚고 있다.

* * *

바둑의 최고 고수가 맞붙는 대국이 그려지는 만큼, 『명인』 반상 위 기보 묘사는 바둑에 문외한인 독자에겐 소화하기 힘들고 버거운 부분일 수도 있다. 한편 바둑에 어느 정도 정통한 독자나 다소 훈련을 받은 독자라면, 권말에 실린 기보를 보면서 바둑알을 손수 놓아 보는 재미도 누릴 수 있겠다. 명인의 격노를 유발한 수, 급기야 패착이 된 한 수를 눈으로 확인하고 실감함으로써 책 읽기가 한층 웅숭깊어질 것이다.

하지만 단언컨대, 이 소설은 모든 독자에게 열려 있다! 바둑 경기의 규칙이건 전문 용어 등 전반 지식이 거의 제로에 가깝다 해도, 『명인』을 읽는 즐거움과 감동은 오롯이 남는다. 단순한 '승부사'가 아니라, 기예에 목숨을 건 '구도자'의 전형을 마주하기 때문이리라.

작품 곳곳의 난해한 바둑 용어와 진행 상황에 대해서는, 가능한 한 독자의 이해를 돕기 위해 각주를 달아 의미를 설명하고자 애썼다. 이러한 노력을 아끼지 않은 민음사 편집부, 해박한 바둑 지식으로 도움을 주신 김청균 선생님께 특별한 고마움을 전하고 싶다.

가와바타 야스나리 타계 50주기를 기념해 도쿄 일본 근대문학관에서 열린 특별 전시 제목은 '가와바타 야스나리 전(展) —— 사람을 사랑하고, 사람에게 사랑받은 사람 —— '.

가와바타가 문인, 지인 등 여러 사람과 주고받은 서신들은 '노벨상 작가', '허무와 고독의 작가'라는 이미지에 가려진, 사람 간의 교류를 중히 여기며 다정다감한, 인간 가와바타 야스나리의 모습을 보여 준다. 작가 내면에 깃든 그 온기가 소설 『명인』을 감싸고 있어, 한층 감동적으로 다가오는 건 아닐지.

가와바타 번역은 『설국』, 『손바닥 소설 1·2』에 이어 세 번째다. '마계(魔界)'라는 수식어가 어색하지 않은 가와바타 문학. 그 깊디깊은 수심을 들여다보는 또 다른 신선한 창으로, 『명인』이 반가이 읽히기를 소망한다.

민음사의 한결같은 응원에 거듭 감사드린다.

2023년 봄
유숙자

작가 연보

1899년   6월, 오사카에서 태어났다. 부친은 의사였다.

1901년   부친 사망. 외가로 거처를 옮겼다.

1902년   모친 사망. 누나와 헤어져 조부모와 함께 생활하게 되었다.

1906년   조모 사망. 이후 10년간 조부와 단둘이 살았다. 3년 뒤, 누나도 숙모집에서 사망했다.

1912년   이바라키 중학교에 수석으로 입학. 이때부터 소설가를 꿈꾸었다.

1914년   조부 사망. 조부의 임종을 지켜보며 쓴 일기를 후에 「16세의 일기」(1925)로 발표했다.

1917년   3월, 중학교 졸업 후 도쿄로 올라와 9월에 제일 고등학교에 입학했다.

1918년	가을, 처음으로 이즈를 여행했고 이때의 체험을 소설 「이즈의 무희」에 썼다.
1920년	7월, 고등학교 졸업. 도쿄제국대학 문학부 영문학과에 입학했다.
1921년	2월, 이토 하쓰요와의 연애, 약혼했으나 파혼. 문학 동인지 《신사조(新思潮)》 발간, 「어떤 약혼」을 발표했다. 4월, 「초혼제 일경(招魂祭一景)」 발표, 호평을 얻었다.
1922년	6월, 국문학과로 전과.
1923년	5월, 「장례식의 명인」을 《문예춘추》에 발표했다.
1924년	3월, 도쿄제국대학 졸업. 졸업 논문은 「일본소설사 소론」. 10월, 신진 작가들이 모여 《문예시대》를 창간하며 요코미쓰 리이치와 신감각파 운동을 일으켰다.
1926년	1-2월, 「이즈의 무희」를 《문예시대》에 발표. 6월, 첫 창작집 『감정 장식』을 출간했다.
1929년	4월, 「시체 소개인」을 《문예춘추》에 발표. 『가와바타 야스나리 작품집』을 출간했다.
1930년	4월, 신흥예술파 총서 『나의 표본실』을 출간했다.
1933년	「이즈의 무희」가 영화화되었다. 6월, 단편집 『화장과 휘파람』 출간. 7월, 「금수(禽獸)」를 《개조》에 발표했다.
1934년	6월, 처음으로 에치고 유자와를 여행, 『설국』의 주인공 고마코의 실제 모델인 마쓰에를 만났다. 12월, 『서정가』를 출간했다.
1935년	1월, 문예춘추사에서 아쿠타가와 류노스케(芥川龍之介) 문학상이 제정되어 선정위원으로 참가했다. 「저녁

풍경의 거울」을 《문예춘추》에 발표했다.(이 작품과 그
후 연작 형태로 쓴 단편들을 모아 1937년 6월『설국』으
로 출간, 이어 1948년 12월 완결본『설국』을 출간했다.)

1936년   4월,『꽃의 왈츠』출간. 9월,『순수한 목소리』간행.

1938년   혼인보 슈사이 명인 은퇴기 관전기 연재.

1941년   《만주일일신문》의 초청으로 만주 방문. 태평양전쟁 발
발. 12월, 단편집『사랑하는 사람들』을 출간했다.

1945년   해군 보도반원으로 가고시마현 비행장에 갔다. 5월,
책 대여점 '가마쿠라 문고'를 열었다.

1948년   5월부터『가와바타 야스나리 전집』(전16권)을 신초샤
에서 간행(1954년 완결). 6월, 일본 펜클럽 제4대 회장
에 취임했다. 12월, 완결본『설국』출간.

1949년   5월,「천우학」발표.(이후 연작 형태로 단편을 써서 1951년
10월에 완결했다.) 9월,「산소리」발표.(이후 연작 형태의
단편들을 모아 1954년 4월에 출간했다.)

1951년   8월,「명인」발표.

1952년   1월,「명인 생애」발표. 2월,『천우학』출간. 이 작품으
로 예술원상을 수상했다. 5월,「명인 공양(供養)」발표.

1953년   『천우학』영화화. 예술원 회원으로 추대되었다.

1954년   「산소리」영화화. 4월,『산소리』간행으로 제7회 노마
〔野間〕 문예상을 수상했다. 5월,「명인 여향(余香)」발
표. 7월,『우칭위안 기담(吳淸源棋談)·명인』출간.

1957년   3월, 국제 펜클럽 집행위원회 출석차 유럽을 여행, 엘리
엇과 모리악 등을 만났다. 4월,『설국』이 영화화되었다.

9월, 도쿄에서 제29회 국제 펜 대회를 개최하는 등 일본 펜클럽 회장으로 분주히 보냈다.

1958년 3월, 기쿠치 간〔菊池寬〕상 수상. 6월, 오키나와 여행. 11월, 담석증으로 도쿄대학 병원에 입원했다.

1959년 7월, 독일 프랑크푸르트의 국제 펜 대회에서 괴테 메달을 받고 국제 펜 부회장 가운데 한 명으로 추대되었다.

1960년 1월부터 「잠자는 미녀」를 《신조》에 연재(이듬해 9월 완결). 프랑스 정부로부터 예술문화훈장을 받았다. 7월, 브라질 국제 펜 대회에 출석했다.

1961년 11월, 제21회 문화훈장 수상. 『잠자는 미녀』 출간.

1962년 『잠자는 미녀』로 마이니치 출판문화상을 수상했다. 6월, 『고도(古都)』 출간.

1965년 10월, 일본 펜클럽 회장 사임.

1967년 2월, 중국 문화 대혁명에 반발해 학문과 예술의 자유 옹호를 위한 성명을 아베 코보, 미시마 유키오 등과 함께 발표했다.

1968년 10월, 노벨 문학상 수상자로 결정되었다. 12월, 스웨덴 스톡홀름의 수상식에서 「아름다운 일본의 나—그 서설」이라는 기념 강연을 했다. 『잠자는 미녀』 영화화.

1969년 3월, 일본문학 특별 강의를 하기 위해 하와이 대학에 갔다. 4월, 『가와바타 야스나리 전집』(전 19권)이 신초샤에서 간행 개시.(1974년 3월 완결) 5월, 하와이 대학에서 「미(美)의 존재와 발견」을 강의했다.

1970년 6월, 대만에서 개최된 아시아 작가회의에 참석하여 강연했다. 이어 서울에서 개최된 국제 펜클럽 대회에 참석. 9월, 「대만·한국」을 《신조》에 발표했다.

1971년   8월, 『정본(定本) 설국』 출간. 12월, 「시가 나오야」를 《신조》에 연재(1972년 3월까지). 일본 근대문학관 명예 관장으로 추대되었다.

1972년   3월 7일, 급성 맹장염으로 입원하여 수술을 받고 15일 퇴원했다. 4월 16일, 즈시 마리나의 맨션에서 스스로 생을 마감했다. 12월 「설국초(雪国秒)」 발표.

1973년   3월, 가와바타 야스나리 문학상이 제정되었다.

1985년   5월, 이바라키 시립 가와바타 야스나리 문학관이 개관되었다.

---

* 이 연보는 가와바타 야스나리 유족으로부터 공식 승인을 받은 것이 아니며, 기존에 공개된 여러 자료를 바탕으로 민음사에서 작성하였습니다.

세계문학전집 **418**

명인

1판 1쇄 펴냄   2023년 7월 17일
1판 2쇄 펴냄   2023년 12월 21일

지은이   가와바타 야스나리
옮긴이   유숙자
발행인   박근섭, 박상준
펴낸곳   (주)민음사

출판등록   1966. 5. 19. (제 16-490호)
서울특별시 강남구 도산대로1길 62(신사동) 강남출판문화센터 5층 (우편번호 06027)
대표전화 02-515-2000   팩시밀리 02-515-2007
www.minumsa.com

한국어 판 © (주)민음사, 2023. Printed in Seoul, Korea

ISBN 978-89-374-6418-8 04800
ISBN 978-89-374-6000-5 (세트)

민음사 세계문학전집

세계문학전집 목록

세계문학전집은 계속 간행됩니다.